一往无前的样子真好

隗立辉 —— 著

时代文艺出版社

图书在版编目（CIP）数据

一往无前的样子真好 / 隗立辉著 . -- 长春 ： 时代文艺出版社， 2020.7
ISBN 978-7-5387-6491-8

Ⅰ . ①一… Ⅱ . ①隗… Ⅲ . ①随笔－作品集－中国－
当代 Ⅳ . ① I267.1

中国版本图书馆 CIP 数据核字 (2020) 第 145899 号

出品人：陈　琛
产品总监：邓淑杰
责任编辑：孟　婧　刘瑀婷
技术编辑：杨俊红
装帧设计：百悦兰堂 [BAIYUE LANTANG]
排版制作：李　雪

一往无前的样子真好

隗立辉 著

出版发行 / 时代文艺出版社
地址 / 长春市福祉大路 5788 号　龙腾国际大厦 A 座 15 层　邮编 / 130118
总编办 / 0431-81629751　发行部 / 0431-81629755　北京开发部 / 010-63108163
官方微博 / weibo.com/tlapress　天猫旗舰店 / sdwycbsgf.tmall.com
印刷 / 北京瑞达方舟印务有限公司
开本 / 880mm x 1230mm　1 / 32　字数 / 140 千字　印张 / 7
版次 / 2020 年 9 月第 1 版　印次 / 2020 年 9 月第 1 次印刷　定价 / 38.00 元

图书如有印装错误　请寄回印厂调换

自　序

　　其实很早之前就想出这样一本书了，在网上也写过一些类似的专栏，当时感觉在这方面还没开窍，写的内容因此受限。

　　很多年过去了，再想完成这样一本书，是想把我2010年毕业到2020年伊始，这十年间我所经历的主要事件做一个概述。

　　这是一个时间跨度不大的作品集，无奈我所经历的事情有限。等到下个十年到来，我依然会整理出这样一部作品，以后每十年都做这样一个总结，等我到八十岁想写一部自传的时候，就会有据可依，以免不幸被岁月偷去了我的记忆，未雨绸缪一下。

　　生活其实是一堂永不结束的课程，它总在分节点教会你一些东西，这就是所谓的成长。有些人比较敏感，善于从时间的缝隙里捕捉到一些细节，并拿来剖析自己，就成了所谓的体悟。这种人天生有这个能力，总能写出一些显微镜下看生活的闲趣。

　　我在这方面并没有天赋，只能乖乖把自己经历的真人真事记录下来，后缀一些随感，结在一起，就成了这么一部随笔集。

　　回想我写作这十几年，似乎我很善于做一些总结，总能把生活之下的一些感悟，像是榨汁一样给挤出汁水。生活虽然大多是苦涩的，但它道出的感悟却往往是甘甜的。

　　生活就是这样，风雨过后见彩虹，无论你在经历怎样的痛苦，坚持过后，总能有所收获和成长。不怕生活苦闷，就怕你缺少一双发现美的眼睛。心灵之窗打开了，你看到的世界就会充满鸟语花香。要么在旅行的路上，要么在读书，就是这个道理。

　　虽然每个人的经历不同，但经历的事情总是类似的，毕竟我们生活在同一个社会，里面构成的人和事总是重叠的，别人的体悟也总能给你带来一些启发。怎样生活，没有一本教科书，每个人都在创造属于自己的生活，我们都要学会在别人身上取长补短，这样才会更好地成长。

　　这是我十年间经历的一些起伏，有几次大的转折，从我毕业后的迷茫，到工作后的迷惘，再到隐居后的沉思，每一段经历于我而言都是最好的安排。我相信上天对每个人都是善意的，无论你经历什么，都是为了让你变得更好，我因此很是感恩生活中的一切。

　　我希望用我文字下的微薄之力，可以帮你渡过你生活里最难的时刻。希望我们最后都能面朝大海，春暖花开。

2020年3月1日

写于北京家中

目　录

一往无前的样子真好

第二辑　奋力追赶却又磕磕绊绊

第三辑　慢下来去看看这世界

一往无前的样子真好

第一辑 年轻让我们处处碰壁

　　曾经，初生牛犊不怕虎，满腔热血，急于要证明自己，想要闯出名堂来，结果弄得满身伤痕。曾经的刺儿头被挫折磨去棱角，有过退缩，却心有不甘。

01 毕业即"癫疯"

2010年，我大学毕业，最后一学年的下学期就没课了，很多人开始去实习。我迟迟不敢步入社会，觉得自己不行，长这么大我都没离开过北京，要我去职场历练，这份担忧不言而喻。

有些人和我一样的心理，他们选择继续学业，考研。我是个学渣，十分讨厌学习，唯一说得过去的爱好就是写作，于是我在家写起了网络小说。

网络小说动辄百万字，可我连十万字的长篇都没写过，要拿什么凑字数？我毫无办法。但是迫于无奈，我还是硬着头皮去写，经常写了几万字就再也写不下去了，评论区里最多的字眼儿就是"你的文很黄很暴力"，我不置可否，弃坑。

大约在弃坑无数后，我确定，我写不了网络小说，咬牙决定，去工作。当时有个同学在怀柔，那里有好多工厂，他怂恿我和他一起进工厂，我没怎么犹豫，从了他。

那是拿到毕业证以后，临近冬天，我去了一家重卡组装车间。因为是实习，头俩月没工资，我从家里拿了五百块，在工厂附近租了间小平房，每天十块钱的伙食费，坚持了两个月。

寒冬腊月，赶上夜班，厂房里冷得犹如冰窖，将人浑身冻僵。我不明白身为大学生的我为什么要遭这份罪，曾经怀疑自己是不是傻，要不是同事合起伙欺负我，恐怕我还会继续浑浑噩噩下去。后来每每想起我追着流水线赶工，甚至多次因为我速度慢被迫停下流水线，所有人都在骂因为我又要加班了，我都会出一身冷汗，怀疑自己哪天会被人暗杀，简直细思极恐。

四个月后，我辞职了，导火索是某天我特别不想去，请了天假，最后竟在我微薄的工资里扣了五百块！气得我直接就不去了。两天后，线长给我电话，说去办理辞职手续还有基本工资拿。因为这份好心，我去办理了离职手续。

很快，我又进了另一家工厂的饮料生产车间，每天的工作就是融糖。把一麻袋糖倒进搅拌桶里，平均每天要搞百十来袋，搞到我怀疑人生。我不明白我为什么这么折磨自己，每个月只在倒班那天休息一天，没黑没白地日夜工作，像头牲口，何苦如此？我问了自己很多遍，最后发现根本找不到答案，后知后觉，一直以体验生活来宽慰自己。

一个月后，我又辞职了。当时很多同学已经在知名网络公司月薪七八千了，我还一无是处四处碰壁，那种辛酸不言而喻。我到底哪里比别人差？我回答不上来，我只是觉得自己的人生很失败。我渴望成功，可方向在哪里？未来在哪里？我一无所知。

后来，我又短暂干了几天改装防弹车的工作，连工资都没领，一周后就悄悄走了。我觉得那里的人还不错，他们一直觉得我不适合干这种活，笨手笨脚的，似乎更适合脑力劳动。我选择接纳这份建议，新闻传媒出身的我，决定走进办公楼，去做个安静的白领。我不知道自己能不能做好，但未来的一切充满未知，这才是吸引我继续走下去的动力。

一方面，我逃避新环境；另一方面，我渴求机遇与挑战。冥冥中，我好像开始一点点强大起来，相信前方一定有美好的事情在等待我，我要改头换面，要迎头赶上同学们，要努力奋斗！

然而，那些都只是美好的设想，我知道自己几斤几两。不懂社交，逃避社交，真本事没有，好高骛远，好吃懒做，这样的我，几乎一无是处。可我就是不服输！我要证明自己，我要重新来过。

02 理性回归，感性撤离

2011年开春，我在春暖花开的好时节回归了写字楼。简历在写实的基础上也虚构了一些，就是根据面试公司招聘要求编造了工作履历。结果因为工作内容太过简单，三言两语就面试通过了，告诉我，第二天来上班。

我在公司对面租了个自建房那类的小屋，不足五平方米。屋里只放得下一张单人床、一张长条桌，其他什么都没有。位置靠近二楼走廊，屋子还不是四四方方，而是个梯形模样。

周围虽然高楼林立，但为了省钱，我不得不忍了。唯一不能忍的是公厕，离得有一千米远，下雨、天黑等时候，我都不愿意出去。水房有个下水道，好多男的就在那儿小便。我也会存一些饮料瓶子，方便晚上夜起。

我那时候没钱，从没奢望过租楼房，又得连交半年一年的房租，还有几个月的押金，还得和别人合租，我无论如何都不愿意。我当时只想住单间，没钱也就没脾气，再苦再难也得忍下去。

如今想来，我有点儿佩服那时候的自己，好像真的吃苦耐劳，身上好歹也有这么个闪光点，再看看后来的自己，简直判若两人。

也许这就是生活，不走过，永远不知道前面有什么等着你，也正是这份神秘的未知，激励人们一步步往前走。

第一天上班，工作直接上手，简直"不是人干的活"，就是根据关键词复制粘贴整合出一篇文章，发布出去，让百度收录，每天被收录百十篇，一天的工作结束。

我当天就开始反思了，这种工作是我想要的吗？我大学毕业就是来做这种毫无成就感的工作吗？我很快就想明白了，我得领完一个月工资再走。

当时碰到一个和我同天入职的家伙，男的，有点儿娘，擦着BB霜，穿超短裤，戴一副镜框，而且还戴着美瞳。不知道怎么的，他就开始粘着我，每天我们一起吃中饭，下班他还死乞白赖要到我住的地方做客。

他似乎极度孤独，这是他第一次离家来这么远的地方，只因为这里是北京，他想来闯荡一番。他家里是做生意的，家境殷实，他只是不想被父母安排人生，赌气跑出来的。在这个陌生的城市，他没有一点儿安全感，从家里带出一万块钱，租了个一居室，买了点儿简单实用的家具，所剩无几，只能在吃上面节俭。

或许因为他看出来我穷，只要模仿我，他觉得就能顺利撑到下个月发工资。后来他得逞了，但我由此很是讨厌被别人模仿，关键我一点儿好处没从他那里得到，他连瓶水都不请我喝，这直接促使我一个月后果断辞职。

　　结果他也跟着我一起辞职了。他不要脸地问我下家去哪儿，他跟随。我心说，去你的，不带你这么狗皮膏药的！

　　我背着他偷偷找工作，很快就有了着落，算是摆脱了简单的复制粘贴，负责运营公司微博。

　　当时微博刚刚兴起，很多传奇账号都在利用广大粉丝迅速崛起，各家公司也开始加入进来，花钱请咨询、公关这类公司托管官微。这活儿还有点儿技术含量，也能满足我小小的成就感，关键是，我成功摆脱了狗皮膏药，我满心欢喜。

　　但他没有和我断了联系，时不时在QQ上聊聊。

　　三个月后，他的房租到期，不得不卷铺盖走人，转入地下室。他跟我哭惨，说每天一顿泡面，叫我借他点儿钱。我根本不想和他有任何瓜葛，可我又不忍拒绝别人，好在我是真没钱，每月微薄的工资，刨去房租水电网费以及吃喝，所剩无几，我无可奈何地拒绝了他。

　　他为此消停了数日。我以为他得死在北京，他后来和我说，他去一家酒吧上夜班了，遇到个漂亮姑娘，他俩很聊得来，感觉聊熟了，跟她张口借一百块钱，那女的就再没去那家酒吧，他因此体会到世态炎凉，和家里服软，让寄来回家车费，滚回老家了。

　　后来他家给他开了一家公司，他打电话给我，想叫我过去给他帮忙。我当时连他QQ都删了，叫我狼入虎口，拉倒吧！

　　我第一次体验到了拒绝别人的快感！虽然我在北京

过得很艰难，身为北京人，我觉得很丢人，但我至少坚持下来了，我靠自己能力养活了自己，我由此证明了自己，我不比别人差。本来幸福感就不是拿金钱作为唯一衡量标准的，我的幸福，就是简单快乐地活着。

03　异常焦虑

　　2011年夏天，我跳槽到一家动漫公司，职务依旧是微博运营。领导本来期待我能帮官微涨粉无数，但我除了发私信给别人求关注，其他再做不了任何事情。

　　我承认我每次应聘都有美化简历，胡诌经历，甚至有点儿享受面试的刺激。每次没被录取，心里会稍稍有些郁闷；但每次接到被录取通知，我又欢呼雀跃。那种鬼祟心理，不言而喻。

　　我发现我好像变成了喜欢哗众取宠的小丑，在职场间玩闹，不开心就跳槽，倒是锻炼了我的"适应"能力，以前没觉得自己有这方面的才能，原来自己如此深藏不露啊！

　　在动漫公司，我遇到一个和我一起进来的设计，他每天和我一起吃中饭，一起散步聊天，感觉有个伙伴，时间过得特别快。

　　不久，他就被公司辞退了，原因不详，我开始变得形单影只。一个月后，人事找我谈话，问我怎么不结交新朋友，看我总是默默一个人怪可怜的。我被问得哑口无言，心里却在想，大家都是成年人，是独立的个体，为什么总要身边有人陪？我懒得回答她，结果我也被辞退了。

一周后，我又应聘成功，进了一家公关公司。我发誓，那里是我感觉最焦虑的一家公司，甚至部门上下所有人都处在十分焦虑的状态。我座位旁边那位，一刻不停地絮絮叨叨，像是个精神病，但我知道，他只是紧张。

我不知道这家公司是怎么了，难道是因为公关，总要出去见那些形形色色的人？我不知道，但我无时无刻不感到压力山大。

我那时开始觉得这个世界生病了，每个人都被传染，徐徐蔓延，无一幸免。我尤其病得不轻。我得了一种不想上班、逃避社交的病，每天下班找地方独自吃饭，完事逛超市买半价面包，解决明早的早餐问题，出来直接回住处，打开电脑，打游戏，一直玩到深夜。要不是明天还要上班，我真想整夜不睡。

我那时候最喜欢夜晚，最害怕天亮。夜晚是自由的，天亮以后像被押赴刑场，亦步亦趋，十分挣扎。我不知道新的一天要如何度过，只感觉艰难万分。每天都像旧社会亏粮一般挨日子，时刻在逃避，想要突破一身的枷锁，却不能，因为作为月光族的自己一刻不能停歇，停留片刻就会饿肚子，交不起房租水电网费。我讨厌被生活胁迫，然而又不得不独自面对。

这就是生活。

现实的生活很残酷，社会一直在遵循着优胜劣汰的规则，作为被淘汰下来的边缘人，我与这个社会格格不人。

我常常问自己，我以后要怎么活？我的未来在哪里？我到底为什么这样，是生病了吗？

我只知道，面试后，被录取的惊喜，对于病入膏肓的我来说已经是杯水车薪，我迫切需要找到一个明确的方向，不然我这辈子就完蛋了。

我不相信自己这辈子就这样浑浑噩噩，默默无闻地过去了，冥冥中觉得，这些都是一种考验。

天将降大任于是人也，必先苦其心志，劳其筋骨，饿其体肤……

一切都需要一个完整的过程。

我坚信。

04 重生

2011年底，特别冷的冬天，出租屋里没有暖气，我买了一台"小太阳"，效果甚微。

我窝在床上被窝里，听邻居在外面吵架。小两口都是中介卖房的，女的当天生日，男的不但没送礼物，而且只请她吃了碗面条，她心里气，发着牢骚，说屋里比外面还冷，她为什么跟着他受这份罪，男的一直沉默，任她发泄情绪。

天气阴沉，接连几天见不到太阳。我赋闲在家，想等来年开春再找工作。粗略计算了下，卡里余额还够付三个月房租，刨去水电网费，吃饭的钱捉襟见肘。

我在想，如果早上睡懒觉，中午起来吃顿饭，加上晚饭，一天两顿，这样可以节省五块钱早餐钱，也就可以多撑些日子。

不用上班的第一天，我睡到中午起床，出去到街边小饭馆买了份盖饭吃，算是和这种美好生活告别的仪式。饭后，我去批发市场买了一些挂面和酱料回来，准备顿顿吃这个，免得出门了。

堕落的生活由此开始。我每天待在房里追剧，看烦了打游戏，饿了煮挂面，困了睡觉，醒来继续追剧，困了继续睡，如此黑白颠倒，每天浑浑噩噩，日子像是长了双脚，溜得飞快。

楼下住的一家有个三岁的小女孩，孩子特别皮，白天男的上班，晚上回来不耐烦地打孩子，孩子大哭，吵得别人无法睡觉，忍不了的年轻姑娘出来发脾气，这家男的脾气也臭，俩人吵嚷起来，把房东招出来了，一顿训斥，双方才闭了嘴。

某天起床去水房洗漱，发现水管冻了，不知谁用完关死了，害大家都没水用。房东住在隔壁，我们排队去房东家接水，为此我破费买了个塑料桶，那叫一个心疼。

隔壁某天中午来敲门，说是新买了一口锅，把手安不上，让我帮忙，我瞅了瞅，三下五除二给解决了，她道谢，回去炒菜了。我当时莫名觉得她可能会请我到她那儿吃饭，结果并没有。我等到肚子饿得咕咕叫，在水桶里舀水到电饭锅里，准备煮挂面。

对门住进了新邻居，一对卖衣服的姐妹，出入风风火火，我在屋里总能听见她们的大嗓门儿，觉得好不欢乐。那天，我见对门门口放着笤帚簸箕，我说借来用下，礼貌敲门，其中的妹妹皱眉开了门，不友好地问干吗，我说用下扫地这个，她说自己买去，就不耐烦地关了门。

我才知道，并非所有人都乐于助人，像我一样好说话的邻居少之又少。

没过两天，隔壁邻居搬走了，说是和同事一起租了楼房，有暖气。我后知后觉，二楼就剩我一家住户了，对门今早也启程回家过年了。离正常春节放假还有多半个月，我得坚守到最后，不能回家让家人知道我丢了工作，免得他们担心。我想一切都会好起来的，熬过寒冬，就是暖春。

某天早晨被尿憋醒，想着二楼没人，我去水房解决下，一出门很意外地滑倒了，崴伤了脚踝，仔细去看，门口撒了一地油。我百思不得其解，二楼没人啊，想来真是细思极恐。我当时顿觉辛酸，眼泪啪嗒就掉下来了，一瘸一拐去水房方便，回来把门口的油擦干净，回屋钻进被窝里哭。

我不知道自己为什么哭，而且哭得那么伤心。有一瞬间，我想过去死，莫名其妙的，一幕幕过往的场景在脑海闪过。但我不敢，也不想就这么死了，怕父母伤心，更怕别人嚼舌认为我懦弱，而且我还没能圆梦出书，我不能死啊！

我泪眼模糊爬起来，面对着电脑，想写个故事，发现头脑空白一片，无从下笔。

我痛心疾首！觉得自己根本不是写作的料，到头来还得朝九晚六地工作。

那天我拿身上的最后十块钱买了包烟。挂面吃完了，屋里没有任何可以吃的东西，我饿着肚子一根接一根地吸烟。当时的错觉是我不饿了，但口渴，喝了口水，肚子又开始咕噜噜叫唤，我饿极了。

我给朋友去了电话，让他给我打点儿钱，我揭不开锅了。他当时赚得也不多，而且平时花钱大手大脚，手里也没有多少结余，但他还是借给了我，我十分感动。他是我大学最好的朋友，其实人间自有真情在，我该好好活下去。

那年春节回家，我只待了两天，初二就跑回市里了。我想着得赶紧修改简历，趁着节后各公司缺人，赶紧找个好工作。

我海投了简历，节后复工我立刻去面试，我得赶紧赚取房租水电网费，也得尽快把朋友的钱还上。

我上班一个月后，也就是刚发工资，我朋友来找我玩，我请他吃饭喝酒，他在我那儿住了一夜。我正常醒来，发现他在打手机游戏，见我醒了，要我充电线给手机充电。我问他玩了多久，他说一夜没睡，屋里太冷了。

他说给我买个空调，觉得我条件太艰苦了。我知道他只是感慨而发。但他有这份心，我十分感激。他紧接着说，他也在和同事借钱度日，为了追一个姑娘，他把钱都花了。我立刻起床，去银行给他取钱，还请他吃了顿火锅。还了他钱，到下月发工资之前，我又得勒紧裤腰带度日了。我不知道自己的生活为什么过成了这副德行，只感觉自己的人生很失败，太失败了！

后来每每回忆那段经历，我都觉得那样的生活挺精彩的。能够为了自己的生活殚精竭虑，尤其在年轻时候，都是一笔不小的无形财富。在未来的某天再次跌倒的时候，你都会叮嘱自己，曾经那么难都走过来了，还有什么过不去的坎儿？要好好生活，要坚持下去，前面的路一定比你设想得好，比你预料得要平坦，咬咬牙，男人才不会输。

05　摇摆的人生

工作了三个月，我又辞职了。

我为什么会这样，是浮躁还是有病？我很难讲清楚，总之坐在办公室，如坐针毡，一刻都不舒服，就好像被压抑了，我想飞。

在屋里憋了一周，我发现不能再这样了，年纪轻轻，应该找点儿事做。我想过去怀柔影视城外当群众演员，上网搜了搜，有招群演的，需要跟着剧组走。我心里忐忑，怕被骗，就此放弃。

过了没两天，我又想去当模特，我个子高啊，去网上搜，很多招兼职模特的，看了看要求，体重不达标，我不甘心，还给他们去了电话，以确认这件事就没商量了吗，结果是的，我又放弃了。

又过了两天，我想去当歌手演员，去网上搜，好多影视小公司招人呢，我又"美化"了简历投了出去，第二天就被通知去公司面试。

我当晚在家附近找了个空地练歌，发现我一点儿唱歌技巧都不懂，纯靠瞎吼，不一会儿嗓子就哑了。

至于演戏，我没法儿练。我大学时候给影视专业的毕业作品当过短片的男一号，他们说我天生会演戏。因为这份自信，我觉得可以吧，就偷了懒。

第二天，我去了那家影视公司，在一楼大厅等候，前面还有其他面试者。我对面的一处休息区，正有这家公司的一位签约演员在接受某杂志采访。虽然没有电视上看到的那么多镁光灯，但样子也蛮酷的，我由此开始幻想自己以后红了是不是也这样。

我右手边是个门口，通往一处楼顶，那里有遮阳伞和座椅，有个穿呢子大衣的人在那里打电话，他对面坐着个穿丝袜的姑娘。我脑海里立刻蹦出一个词——潜规则。我不知道自己为什么这么想，可能娱乐新闻看多了吧。

有人喊我上去面试。一进屋，里面坐了一排六七个人，各种音乐部门负责人。他们让我清唱，我唱了迪克牛仔的一首歌，没唱两句，声音就劈了，我骤然心慌，好像一下子找不到调，词也忘了。练习时候挺好的，今天有点儿发挥失常。我看到考官们一个个皱眉，我知道结果糟透了。

我鞠躬出去，在门外遇到一个形象很好的男生，他妈妈陪他来的，也是来应聘歌手。我突然莫名觉得自己很荒唐，问自己，为什么想要做歌手？长得不帅，身材不行，关键嗓音一塌糊涂，是什么给了我这份自信？我一定是疯了！

既然疯，就要疯到底，我硬着头皮去了另一家影视公司应聘演员。到那儿发现这家公司比上一家小多了，只是个三居室改的工作间。既来之则安之，我等了片刻，有个男的出来领我到一间屋里，他有个女助理，屋里就我们仨。男的给我出了个题，让我即兴发挥演一段。我想了一分钟，开始了尬演，结果并不如意。我感觉他们就快要笑出来了，那男的说，可以做个特型演员，前提是得我父母同意，一起签个合同。

莫名的，我就感觉遇到了骗子，觉得后面一定会让我缴费，可我没钱。就算，这些都是正常流程，但我压根不想父母知道，不想他们为我操心。我知道，他们那么爱我，一定会答应我这个想法，但结果是什么，可能一辈子都是个混饭吃，甚至是吃了上顿没下顿的群众演员。王宝强只有一个，并非所有人都像他那么幸运，我没有这份自信，所以我放弃了。

回到家，我躺在床上开始反思，我到底适合做什么，应该做什么，以后的路要怎么走？眼瞅着毕业两年了，同学们都找到了自己的岗位，一直勤勤恳恳地努力工作，我为什么就这么摇摆不定呢？

到头来，我还得继续找工作，继续朝九晚六，继续如行尸走肉活在这繁华都市。热闹是别人的，我什么都没有，只有无尽的落寞。

好在，我现在对于面试已经驾轻就熟，工作履历想怎么写就怎么写，面试官叫我讲讲工作内容，我能用一个月的经历讲出一年的感觉，关键每次都能蒙混过关，让我更加肆无忌惮。

我不爱工作，但我十分喜欢面试，那种过五关斩六将的感觉，像是一种病态，在我身上不断蔓延。

这个世界是真实的，也是虚假的。真实的残酷，虚假的温度。多少人如我一般，如行尸走肉，每天混迹在办公楼里。有些人混得心安理得，有些人总忐忑不安。很多功成名就的人，也都有过类似的青葱岁月，居安思危，不断探索，方得始终。

06　相遇

2012年夏天，我面试进了一家教育公司，职务文案。我的文案水平并不怎么样，工作履历都是编的，但好在我去的部门是新组建的，部门领导是个不靠谱的北京人，对我很是照顾，每次对我文案不满意，他都会指点我，"天下文章一大抄"，从此我学会了用文库文档。如果这个文案我搞不出来，他也不会告我状，干脆自己搞定。我喜欢这样的领导，干净利落脆。

没过几天，部门招了个设计，看上去也是个不怎么靠谱的人，其貌不扬，甚至有些奇形怪状，很像电视剧里活不过三集的坏人。但事实证明他是个职场老手，精明能干，很有自己的一套。他对我也挺不错，可能他们都觉得我憨厚老实吧。

他其实命运多舛，本是家里唯一的大学生，却因为交不起学费，上了一学期就辍学了，开始四处打工，吃了不少苦。

他很聪明，学了一门手艺，算是对美工无师自通，靠着这门手艺一直混迹北京。后来他遇到个身体残疾的小姐姐，在北京有房，离婚没孩子，他们也没办婚礼，就在一起搭伙过日子。

没过多久，他跑长途的哥哥出了车祸，欠了一屁股债。父母都是农民，他是家里唯一的经济来源，本可以事不关己，但他全部揽了下来，替哥哥还债，供养父母。这么多年下来，他赚得不少，而且因为媳妇儿有房免了房租也积攒下一些，可他依旧一贫如洗，生活节俭，从不注重吃穿，每月工资按时寄给家里。

屋漏偏逢连夜雨，也是事不遂人愿，他母亲某天雨后从房上掉下来，不巧头撞在水缸沿上，一下就没了。他连夜赶回去，请了一周的假，工资照例扣除部分。

回来他和我说，在家办丧事缺钱，跟领导开了口，结果人家不借，他因此觉得领导不地道。后来他跟我借钱，我积蓄不多，算好花销，其他都借给他了，他以后每月工资拿出三分之一还我。

我俩就这么都成了穷人，每天一起吃卷饼，五块钱打发一顿午饭，一吃好几个月。每月只一天吃一顿拉面，日子十分凄惨。

可我做了件我觉得对的事情，救急不救穷，他那么努力地活着，我比他幸运多了，帮帮他不算什么。更何况我一直视金钱如粪土，解决了吃喝住，其他都是福泽恩惠。

那段时间，公司没什么业务，忙的是销售。他们每天像打了鸡血一般拼成绩，只是为了多拿点儿提成。我们是死工资，能消极怠工绝不积极，反正老板对我们也很抠，没有饭补车补等一切补助，可以说一毛不拔。

闲来无事，我开始在网上聊姑娘。笨人笨办法，我在QQ上条件搜索，加了很多人，很多人不理我，后来碰到个老乡，我俩就聊了起来。

她特别二，啥都跟我说，她的傻缺常常逗我笑。她和她前任在一起两年多，竟然不知道"他"是女的。我十分奇怪，她俩同居了一年多居然都没发现？只能说，她太蠢了。

真是林子大了什么鸟都有！

可是聊了两周，我竟然爱上了她。我按捺不住对她的喜欢，很快就对她表白了。但她拒绝了我，说她无法忘记前任。我当真了，那两天没有再联系。

可是过了个周末，我一直无法忘记她，给她发短信，她不回；给她打电话，她不接。我不知道为什么，当时就觉得她可能真的不喜欢我。

我没追过女生，只有一段朦胧的初恋，对于这种情况，我只能选择放弃。两周后，她居然联系了我，我不知道她什么意思，但我已经喜欢上别人了。

是暗恋。她是我们公司的老师，大我三岁，长得很漂亮。但据说她人很坏，应该不会喜欢我这种老实巴交的，我就一直没敢表白，只是默默关注她。好几个夜晚，打开公司QQ群，找到她，想加她好友，却一直没有勇气。每次在公司碰见她，我都特别紧张，不敢和她打招呼。

某天，因为我在QQ上瞎加人，结果QQ被盗，害得一位同事被骗了钱。她给我电话，哭着说被骗了。我安慰了她，第二天也取钱给她了。她很是高兴。设计说，我不该给她，天知道她是否真的被骗，证据呢。证据？
我开不了这个口，电话里听她哭得那么伤心，我只能信
了。我为此还咨询了几个同学，他们说法不一，但我坚
信这个钱该给，不然人家姑娘得多伤心。

这件事，我喜欢的那个姑娘也知道了，当天中午我
们一起吃了饭。我为此激动不已，觉得那个姑娘一定觉
得我是个好人，开始幻想她会不会因此喜欢上我，结果
却什么也没发生，只是她后来对我的态度有些暧昧。这
是坏女孩标配，说明不了什么，我又不傻，后来就没有
后来了。

没过几天，我领导结婚，我和设计不想去，因为得
掏份子钱。可是公司人都去了，我们又怎么逃得掉？

那天巧了，我、设计和我喜欢的那女孩，我们仨一
辆车去的婚礼现场。设计开我俩玩笑，说我俩有夫妻
相，应该谈个恋爱。我当时慌得哑口无言，那女孩却
说，别欺负白羽，一下把我噎住了。我就此成了他俩的
一个笑话。

后来的笑话更大。某天我和设计在楼道抽烟聊天，
她刚好去洗手间回来，撞见我俩，她和设计聊着我不知
道的事情，说她昨天去看牙医，补了颗牙，设计问多少
钱，她说五千多，我当时一口烟差点儿呛到。

后来我才知道，她的工资是我的十倍！我哪里配得
上人家？癞蛤蟆想吃天鹅肉吗？

一个月后，部门解散，我、我领导和另两位同事都
失业了，设计却被公司留下了。正好他缺钱，就当老天

对他的一点儿补偿吧，我想。

　　我走那天，设计把欠我的钱都还清了，我因此觉得他人不错，值得深交，就成了朋友。

　　某天，他和媳妇儿吵架了，被媳妇关在门外，在楼道里坐了一夜。第二天一早，他来投奔我，请我吃了顿饭，然后在我那儿睡了一觉。当晚他媳妇儿电话找他，给他个台阶下，让他回去了。电话里，我听见他媳妇儿说，"别以为我离不开你，别以为自己多了不起，我不嫌你穷，但你得知足，感恩。"

　　每个人的生活都不容易，家家有本难念的经，但我一直坚信，上天会眷顾那些真诚的人。虽然每个人的一生中难免会碰钉子，但是磨难过后，会是风雨彩虹吧。

07 新的天地

2012年底，我去了新的公司，一家旅游规划公司。我以前从没接触过，是应聘文案去的。

第一天报道，公司几乎没什么人，一问才知道都出差了。我手头没事做，就翻阅公司以往的案例，是那种装订成册的彩页，看起来特别有内涵，忽然觉得这应该是一份很有成就感的工作，一时心潮澎湃。

有个比我早来两天的姑娘，大我几岁，像是寻找亲人一样来找我，我们成了伙伴。

她以前就是做旅游的，算是专业对口，但她对这家公司的业务也不是十分了解，和我一样，稀里糊涂就进来了。

没过几天，我们的"新人"队伍逐渐壮大，有以前做银行柜员的，有刚毕业的，有公司老板的关系户，可谓鱼龙混杂。我越来越觉得，这家公司都不是等闲之辈。后来知道，公司里好多都是退休返聘人员，也有博士、硕士、留学生，可谓藏龙卧虎，我一个专科生，能进来算是幸运了吧。

没过多久，公司出差人员相继归来，公司一下子热闹起来。他们拉帮结派搞斗争，很快对骂起来。我们新来的看热闹，一头雾水。后来才知道，他们是在争项目提成。

这里不光人员鱼龙混杂，而且办事毫无章法，不是多劳多得，而是能者多得。能，是指吵架的能力。所以，他们才拉帮结派，抱团取暖。

反正我们新来的是轮不上写案子了，因为参与者人人有份，无论多少，总可以得到一些提成。

这里就像一个独立存在的小社会，各色人物，各种生存之道，每天上演激烈的剧情，可谓精彩纷呈！

我第一次感觉到真实的人性是怎样的，弱肉强食，适者生存。以前从没遇到过这种事情，感觉职场也有一点儿校园的温馨，但是到了这里，就成了彻底的社会。竞争激烈，很多人失败了，狼狈而逃，留下的都是各种刺儿头，不干活还能抢到大块蛋糕，就像电影里演的那些阴谋者，位高权重聚敛财富一般，真是牛鬼蛇神，各显神通。

我旁边坐的是位高挑漂亮的留学生，她总是独来独往，被大家孤立。某天下班以后，公司的人走得差不多了，她找我帮她做事，说会分给我她那份提成。我倒是不在乎什么提成，只想早点儿有活干，要不然啥时候才能充当一个工作角色。

我一边干活，一边和她聊天，发现她是个挺好的人。一般被大家孤立的人，都是不错的人，只有偷奸耍滑的人才喜欢拉帮结派。我坚信这一点，决定和她做朋友。

她三十多岁，已婚，没孩子，或者说不想要。她想创业，在这里委屈自己，只是想积累资源，某天时机成熟，她就会远走高飞。有本事的人总会隐忍着学习自己需要的东西，他们往往目光长远，不会只关注眼前的利益。但因为她是留学生，老板还挺器重她的，经常带她出去谈项目，因而她才有稳定的业务。

这里的工作是一个项目很多人参与，会根据业务量和重要性划分提成比例。当然，那些狡猾的人除外，他们总能通过各种手段得到更多的提成，那些沉默寡言者，却几乎什么也得不到。

相比而言，我是幸运的。留学生一直提携我，在领导面前推荐我，把她出差的名额让给我，让我去锻炼。虽然老板不喜欢我被他欣赏的女生这样呵护，但他只是赤裸裸地嫉妒，并开始公开诋毁我。下面的人立刻捕风捉影，四处造谣，很快我就被大家孤立了，和留学生一样了。我从没怕过这种事情，我一向都是独来独往，开始公然和留学生站队。

后来我才知道，这里面有领导的伎俩。他喜欢被大家孤立的人，他会提携这种人，于是他开始带着我去谈业务。我长得老成，穿着得体，很快就被领导认为是可塑之才。我出差的机会来了，有机会去接触更多事务。

在我们成长阶段，一定会遇到各种阻碍，但那些阻碍都是纸老虎，只要你不怕，坚挺过去，迎来的将是彼岸花开，以及广阔的天地。

我很快成了业务骨干，是新人里唯一有活干，同时也被认可的人。他们开始远离我，因为知道我是被留学生提拔上去的，他们眼里充满了对于我的不屑一顾。

这就是现实，有本事的人会被大家讨厌嫌弃，喜欢抱团的人往往都是乏善可陈之人。而且专注才能做事，为了维系伙伴会分心。这和大家都能独当一面、协同配合不一样，你需要拖着形形色色的人一起走，总会被拖累的。遇到游手好闲好吃懒做之人，你多少会被影响，想要快速成长，你必须学会独处。

高处不胜寒，是有道理的。

08 精彩的一课

因为留学生对我的照顾，我在公司总算站稳脚跟，唯一的麻烦就是我被很多人孤立了。当然，我好像天生不怎么合群，被孤立对我来说简直不算事，我反而和留学生一起玩得挺好，她经常借出去谈项目的理由带我翘班。我讨厌坐在办公室里无所事事的样子，觉得那样一天过得特别煎熬。我喜欢和留学生一起出去，她会和我说很多有趣的事情。

她在公司有两个死敌，一男一女，他们是一伙的。他们各种诋毁她，说她被老板"潜规则"了。老板这人确实好色，曾经把公司一位新来的女同事搞大了肚子，最后用钱解决了事，由此开始传出各种版本的故事。诸如此类有关老板的糟心事，简直不胜枚举。

有一次，她忍无可忍，去他们的办公室理论，那女的竟然拿起暖壶用热水泼她，差点儿毁了容。不知道的还以为她们之间有多大仇，我因此见识了最毒妇人心。

她当时被她的伙伴拉走了，怕她们打起来。她们一直骂骂咧咧，谁也不肯善罢甘休，吵得很凶。

这件事我没亲眼见到，不晓得是真是假，但感觉听起来像是真的，她没必要骗我。后来我和她的死对头们一起出过差，倒也没觉得他们是那么讨厌的人，甚至对我还不错。他们在工作上孤立我，是因为留学生，在私下对我并没有恶意。我不知道他们为何闹得如此僵，但大概一个巴掌拍不响，肯定双方都有原因。

我在公司是出了名的好脾气，那是因为我有意远离他们。如果谁要是欺负我，我也会有力地回击。我以为这种态度会令他们对我敬而远之，可事实是，一旦你反击了，就会招致更多攻击向你扑来，如狼似虎，满满的恶意。

这就是人与人之间最难相处的原因。没有人会遵从你的规则，都是以自我为中心，相安无事是相对的，一旦产生分歧，矛盾一触即发。所以，无论在哪里，什么时候，原则必须有，并且坚持贯彻下去。矛盾并不会因为你怕事就远离，相反，你的软弱会招致更多威胁。对付欺凌最有效的方式就是反击，从来没有退让换来的和平。

我和留学生说，我想辞职了，因为我感受到了越来越多的矛头开始对准我，我讨厌无休止地扯皮。她没说什么，而是给我讲了个故事。她在公司有几个好朋友，好到他们经常恼了就打架，大打出手那种，可无论他们怎么吵闹，最后还是很好的朋友。

我明白了她的意思。她觉得我活得太认真，太小心翼翼。人与人之间免不了矛盾，可有时候矛盾是一把双刃剑，正所谓不打不相识，英雄相惜也会斗来斗去，你不能指望成年人之间的交往像过家家一样按部就班，总有预料之外的事情发生，你得积极面对，用成年人的方式去解决问题。

虽然道理我懂，但我还是见到了很多人的来来去去。有个曾在联合国总部工作过的女孩，来公司待了半天就走了，说老板太任性，一会儿一个想法，千变万化，摸不着头绪，为这样的老板打工太累。后来她去了一所研究院，我给她去过电话请教一些问题，她说工作的事情不能讲太多，让我自己去网上搜索。她工作的环境是严肃的，不像我们公司，每天都在上演无聊的宫斗戏。据说我们老板喜欢历史，他在用封建那套制度管理公司，他喜欢看着下面的人斗来斗去，相互制衡，他好坐收渔翁之利。

一个公司，不把心思用在工作上，而是整天玩弄心机，说起来也够累的。公司里那些狗屁不会，但很会拍马屁的人，反而混得很好。有人因为熟读了一本历史书，和老板打成一片，转瞬就被提拔成项目经理。说起来，这个人有段时间对我还挺照顾，但他和留学生一样，被大家孤立了，很多人都讨厌他。我后知后觉，原来他和老板是一路人，我才知道，被人讨厌总是有原因的。

留学生告诉我，他们在一起也会讨论我是个怎样的人。我知道自己是怎样的人。有人喜欢你，必然就会有人讨厌你。我无法做到被所有人喜欢，也没这个义务。我就是我，做我觉得对的事情，问心无愧就好。

有段时间，公司来了新人，他们一进来就跳进了大染缸，听身边人各种造谣生事，就像我们刚进公司时一样。我的朋友为了帮我树立良好的形象，拿我做过的案子给她们展示。当时我被老板器重，一时被推到风口浪尖，各种流言蜚语满天飞，这样虽然堵不住别人的嘴，但至少可以混淆视听。

人红是非多，我曾经特别想要成为厉害的人，但同时又讨厌被太多人关注，这是我性格的弊端。留学生就不一样，她留过洋，都是西方思维。她喜欢去结交朋友。为了她以后的创业，她会去结识各种名人大佬。她常常应酬到很晚，第二天照样早早来到公司，是个十足的工作狂。她把手头上的项目都交给我来做，她好腾出精力去忙自己的事情。她很有大局观。

公司有个令人讨厌的设计，他的技术高超，肩负着很多重要的工作。他私下还开着自己的公司，利用公司的资源接私活。这本来是明令禁止的，但他们都在顶风作案。

留学生一直在和这个世界战斗，她是个战斗英雄。我有过特别讨厌她的时候，如果我们每天都见面，就会产生矛盾。我对她说，我更喜欢偶尔和她在一起，觉得会很开心。她说她以前认识个男孩和我很像，像许三多一样，被很多人宠着。我明白她的意思，是我不够坚强，没有勇气独自对抗这个世界。

我需要慢慢走出那个舒适区，去迎接更多挑战。我知道，这世界是不完美的，但每个人都在艰难地活着。生而为人，我们总得向前看。

09 第一次

来公司后两周，我迎来了第一次出差。同时被打破的，还有很多的"第一次"。第一次坐飞机，第一次见大海，第一次吃海鲜大餐，还有第一次出北京。

小时候家庭条件一般，根本没机会出去旅游。我领导问我出过国吗，我说没有，他说现在还有没出过国的人吗。我想说，当然有，而且应该还很多。

而这家公司，经常全国各地飞。所谓出差，就是甲方买单，我们免费吃喝玩乐，回来对当地旅游产业做个规划，大笔的规划费到手，项目组成员人人有份，拿着可观的提成。可以说，这是一份相当体面的工作，我也是后知后觉。

第一次坐飞机，我有点儿忐忑不安。据说飞机起飞那一瞬间，比坐直梯忽上忽下难受多了。我不敢想象，因为每次坐直梯，在上升下降的启动时刻，我都感到揪心，如果坐飞机比那难受，那得是什么感觉？

出差前，我第一次买了行李箱。大学之前，我都是在家附近上学，虽然高中住校，但也没用上行李箱。大学就在北京念的，郊区到市区的距离，也没说非得用行李箱，都是拃个大包就去了。

我们坐一早的飞机，五点打车从百子湾到机场，公司报销。到机场吃了早饭，公司报销。登机了，我心潮澎湃，既欣喜又紧张。

在机上遇到一个公司的传奇人物，据说云南的一个女大佬看上他了，倒追他很多年，他居然守住了城池，没有被攻陷，至今单身。我以为他得多帅，后来发现，他五大三粗，邋里邋遢，烟不离手，秃顶……身上几乎没有一个闪光点，他凭什么？后来慢慢发现，他有才，会写诗，文章写得也不错。

飞机起飞后，我的耳朵突然失聪。我不知道是只有我这样，还是大家都这样，一直到下机，我的耳朵都还是听不清。我问同行的同事，他们听完笑，问我是不是第一次坐飞机，我说是，他们说没事，一会儿就好了。等我们坐上甲方来接的车，果然，听力慢慢恢复，看来只是坐飞机的一种不良反应。

我们直接去了考察目的地——普陀山喝茶。爬山确实挺累，这种地方也没什么可看，至今记忆淡漠，只记得大家围坐在一间茅草屋里喝茶。后来才知道，我们在等一个人。

他是个重要人物，专门陪我们考察和吃饭。我们下山后去了一家当地的特色餐馆，吃了"佛跳墙"，据说很贵。下午，我们去三坊七巷游玩了一圈，就是条商业步行街，街道两边的商铺琳琅满目，古建筑风格，古色古香，人来人往，很是热闹。我们两个年轻的四处拍照，一是为了好玩，二是做项目的时候需要这些照片。

我们走累了，找地方休息。那是一个亭廊，很多人坐在那里聊天。我们领导和重要人物攀谈，了解这里的历史风俗，等等，聊到太阳下山，重要人物带我们去吃农家乐。

据说公司每次出差都得喝酒，不然谈不成项目。不过我是幸运的，他们没有为难我们，而是好好填饱肚子，之后送我们去下榻的酒店，结束一天忙碌的行程。

我第一次住酒店。每个人都是单间，很是惬意。我洗了热水澡，出来坐在窗前，一边抽烟一边看电视。第二天还得早起，十点多我就去睡觉了。本以为会兴奋得失眠，结果累得倒头就睡。

第二天一早，领导给我房间打电话，让我赶紧去楼下吃早餐，一会儿有人来接，准备去逛逛博物馆和其他地标建筑。挂断电话，简单洗漱，我去楼下吃了酒店自助早餐。味道不错，菜品丰富，口感也好。我没遇到同事，可能他们起得早已经吃过了。等我吃完回去，他们已经准备出发。我直接跟着下楼。

我们坐了三辆车，有几个陪同的人。因为我们做得都是重点项目，所以很多人陪同，感觉荣幸之至。

逛博物馆其实挺无聊的，但是得拍照，这是工作，义不容辞。之后我们去了海边。领导取笑我第一次看海。我激动地拍了照。中午我们去吃的海鲜大餐。一桌子各色海鲜，吃起来确实挺高级的。但北方人，尤其是我，很是吃不惯，只是随便尝了尝，算是一种人生体验，之后就打道回府了。

出差归来，项目组开会，分配了任务。我作为新人，自然承担的任务不重。和我前后进入公司的银行柜员也进了项目组，虽然他没出差，但并不影响做项目，有很多我们拍回来的照片可做参考。

那个银行柜员因为之前没被领导重视，心里憋着一股劲儿，精心制作了PPT，直接去找老板给他看。老板很是喜欢，当时就记住了他，之后老板开始很是器重他。

人生是一场奇妙的旅行，沿途的风景固然重要，但是用心对待更加重要。很多人机遇好，偶遇贵人，平步青云。有些人，自己创造机会，去赢得重要的第一步，之后努力上进，一样赢得满堂彩。

要么在路上，要么在读书。我现在体会到，年轻时候多出去见见世面是很好的体验，开阔眼界的同时，也打开了你的心门，人也随之也变得豁达许多。多读书也很重要，满肚子墨水，确实会为你赢得很多机会。所谓公平，都是自己争取来的。

后来公司来了个刚毕业的小姑娘，心高气傲，因为没人找她做项目，跑去找老板哭闹，老板没办法，安排人给她点儿活干，她做不好，没人帮她，她还是哭，所以大家都不喜欢她，因为她拖了后腿。无论职场还是生活里，大家都愿意和能够独当一面、有前途的人为伍。

机遇往往稍纵即逝，你若抓不住，就错失了一次宝贵的机会。机遇未来到，你要好好充实自己，等到机遇出现的时候，你要准确地抓住。

用心做事的人，到哪儿都不会吃亏。

10 过把瘾

有一次出差，老板特别会挑人，与我同行的是一对婚外恋地下情。当然，这种事情在我们公司屡见不鲜，早已习以为常，只是这个安排挺有意思。后来路上，那个女的对我说，老板之所以派我同行，目的就是监视他们。我当时还没领会，完全后知后觉。

同样有意思的是，此次出差，我们的第一站是横店影视城，在那里吃喝玩乐了三天，体验了一些有挑战的游戏项目，比如太阳神车、跳楼机等；也逛了逛所谓的鬼屋。身为旅游策划师，很多鬼屋我是亲自策划过的，里面什么样，我一清二楚，也就没啥好怕的了。

也看了一些表演。在广州街有黄飞鸿；在海盗城有清军剿匪；还有一些大型歌舞，比如洪水泛滥、火山爆发等。

之后我们转场宋城景区，在那里游园古城。印象最深的是"宋城千古情"的大型表演，分几个篇章，时长几个小时，看得挺震撼。

最后一站是千岛湖，但我们没能去里面转，因为我们把最后一点儿差旅费都给吃了。一道鱼五百块，我们领队犹豫了半天，最后想出个馊主意，让我在网上搜点千岛湖的图片，就说是我们考察拍的，我当时觉得好刺激。

此次出差的另一个任务，是去搞定一个三百万的项目。甲方一直刁难，不给结尾款。我们美其名曰是公关，其实就是去讨债。

既然是上门讨债，人家自然得在家门口收拾我们，免不了被灌酒。好在甲方目标明确，就灌管事的，我们几个小喽啰看戏就好，没想到看了场戏外戏。

那对婚外恋地下情很快被甲方看穿，原因是女的帮男的挡酒。甲方笑问，他俩啥关系。俩人当时懵了，像是默认，一下激起了甲方的兴致，继续挑逗他俩，最后把酒局搞成了爱情戏，场面十分尴尬。不过甲方看上去感觉挺开心的，也算达到了目的，给了我们个台阶下，让我们老板过来，给甲方安排的专家评审团提案。

我们老板是个大忽悠，谈项目能扯到抗日战争。当时他作为一个新兵是如何智斗小鬼子，听得甲方目瞪口呆。我每次都听得呵呵一笑，可常能奏效，甲方就喜欢这阵仗，都觉得我们老板能压住场子，就连专家评审团也得给几分薄面，项目就这么过了。

当时我们老板在其他地方出差，往这边赶。我们原地待命，多待了几天，每天就是吃吃喝喝，在当地转悠转悠，日子过得十分惬意。等老板来了，我们又在那儿多待了几天，听项目座谈会，提案，以及我们内部的会议。最后回公司的时候，我们已经出差一个月有余，光差补就到手几千块，并由此直接影响公司要削减差补和差旅费。

后来我有机会独自出差，去了趟南京的"国际慢城"，老板竟然只批给我五百块差旅费。要不是得到一些同事的声援，从五百涨到两千，恐怕我会是公司有史以来最寒酸的一次考察了。

到了目的地，我本来期待好好享受一番，不想当时正值冬季，是完全的旅游淡季，所谓"国际慢城"，也就是一个小村落，到处是绿化带，人烟稀少，相比于都市，这里生活节奏缓慢，由此得名。我当时完全傻眼，除了搭乘摆渡车在园区转了一圈，看到了茶园、寺庙、农家乐、小溪人家、废旧的影视取景地，其他再没什么了。

我找了家农家乐住下。由于是淡季，食材短缺，最后我竟然吃了碗挂面。我气不过，在外面找了个小卖部，买了香肠、咸鸭蛋等充当配菜。

回到公司，人事发觉我有管钱的"天赋"，后来但凡有我的出差，都让我管钱。当时公司对差旅费盯得正紧，我胆小，不敢像以前他们那样大手大脚。以前他们做个足疗都能花个三千块，公司居然给报销。然而今非昔比，我没赶上好时候，自认倒霉。

都说人生如旅途，但当你真以旅途作为工作时，完全是另外一种心境。以前看电视旅游节目，觉得那些主持人吃遍天下美食、游遍世界各地，特别羡慕。但当你真的有机会置身其中，你才体会到，个中滋味，如人饮水。我才坚信，这世上没有哪一份工作是轻松的。大部分人只看到娱乐明星痛快赚着快钱，却很少体会他们吃的苦、遭的罪。就好比，我们总觉得别人家的媳妇儿好，其实不过半斤八两。

在这家公司我待了破纪录的一年半时间，体会很多，内心五味杂陈。我讨厌一切都要争个头破血流，我比较佛系，也明白我这种人不适合职场，比较好的是自由职业，无拘无束，没有得失的压力。可自由职业具体是什么？我能以此为生吗？这些恐怕都要打个大大的问号，不是头脑一热，我就心想事成了。

回望过往，我承认我很幼稚，很天真，太想当然，太自我，太缺乏男子气概。但同时，我知道这就是我，我无法改变什么，我需要和不怎么样的自己好好相处，不然还能怎样。

成熟其实不是看出来的，也没有写在脸上，而是在一件件事情的处理中感受到的。绝不是一两件事情就能说明一个人，而是需要看一系列事情的表现。我们其实都有很多面，但总体上他是怎样一个人，接触一段时间后，总能有所了解。

我觉得这份旅游的工作很过瘾的同时，也让我学会了如何看待一些人，以及如何对待一些事。

人生的旅途漫漫，成长漫漫，我们至少应该在怎样的年纪就表现出怎样的自己，而不是永远停滞不前。

11 腻烦的开始

在这家公司，出差是常态。

有次我们去云南，去了三个人，我、领导和一个女设计。我们三个关系不错，因而感觉很好。

目的地是个民俗村落，有远古的虎文化。我们下了飞机，搭乘甲方的接机车，坐了四五个小时，其中三分之一都是绵延的山路。好在沿途景色宜人，天空湛蓝，云淡风轻，感觉天很高，空气比北京好太多。

当天我们直接去了村部，见了村支书，带我们看了看村里的规划图、文化展示等，之后就去吃饭了。我们坐车继续往山里扎，窗外黑咕隆咚啥也看不清，最后车停在一处破败的院落，那里有当地地道的驴杂宴，乡里村里的官员来了好多，坐了好几桌，大家热络交谈。

饭后，我们被送到下榻酒店，规格还不错，住着挺舒服。

第二天，我们去四处考察。去了当地博物馆、民俗街、主题公园等，边看边玩边体验。女设计和我走在队伍后面，一路打卡拍照，好不乐哉。

最后一天，我们去观看了当地的民俗节目，古老的舞蹈形式，隆重而热闹，吸引了很多当地百姓围观。

刚巧，当天来了一波北京的诗人，因为乡长是个文艺爱好者，我们一并去了原始森林。诗人采风，我们跟着凑热闹。

晚上，我们参加了篝火晚会，搞得很正式，有主持人，有观众，有文艺表演。给我留下深刻印象的，是赤脚过火炭，感觉那是真功夫。酒肉穿肠过，我们融入当地男女青年，一起围着篝火载歌载舞，一直闹到深夜。

我们在那儿待了三天，临走前去看了看规划用地，回去就准备开工了。

这是个小项目，成员五名，其中两位设计师、三位策划师。一个月后要去第一次提案。我两周就写完了文案，就等设计出图，最后整合完工。

我被任命为最后的统稿人员，可算恶心了我一回。大家文案水平参差不齐，统稿起来各种凌乱，简直快把我逼疯，我是硬着头皮整理好，凑合交差的。

一个月后，我们原班人马再次启程，这次任务明确而艰巨，就是提案，过了拿钱，不过就等着和甲方扯皮。我们是幸运的，虽然期间有过一些小插曲，比如有人嘲笑我们的方案小儿科。其实我也想吐槽，我们做的确实没有多少技术含量，就是一堆杂乱无章的图文拼凑的东西，就连我自己都被恶心到了，可是那又关我什么事呢，甲方是傻子，我们是疯子，最后搞了个大笑话，大家嘻嘻哈哈一乐，项目的钱进了各自的口袋，何乐而不为？

我讨厌这样的工作，体会不到它的价值，感觉自己像个骗子，也感觉的确像在过家家，只是这是成人的把戏，经手的是实实在在的钞票，跟洗黑钱似的，甚至有种愧疚感。然而我过得很风光，也拿到了很多钱，如果我抱怨，那我就被认为是傻子、假正经、站着说话不腰疼，因为公司很多人连参与项目的机会都没有，能者上，我是被一个女人拉上了这艘快艇，我再矫情，岂不被人打死？

我后来参与了一个山东的项目，几乎没费什么力气，搞了一大堆想象的景观，其实也没什么稀奇的，和农村的许多旅游景观无异，然而老板喜欢，他又添油加醋搞了更多的景观图。几十成百的图片经手设计，当时我就在那儿坐等设计出图，设计每天加班，熬得眼都模糊了，最后搞出来，我把景观图添加进文案，老板看了喜欢，把我的案子单独打印成册，供客户欣赏。我一下子迎来了事业的巅峰，成了老板身边的红人。同事对我表面客气，其实心里各种鄙夷。

我确实一点儿都高兴不起来，因为就公司历史来看，每个人都有被翻牌的机会。老板不但喜新厌旧，而且反复无常，今天你在天上，兴许明天你就入地狱了。另外，人红是非多，一些小肚鸡肠心怀叵测的人会各种诋毁你，你下车的速度一定超乎你想象。我因此得出结论，能人往往没有好下场，庸人才能活得怡然自得。电视剧也是这么演的，身边的很多朋友也有真实的案例，这就是现实。

我最后参加的一个项目在兰州，一行八九个人，其中很多我不熟悉的。我以为我的领导会护着我，结果呵呵，他和他们打成一片，我被晾在一边。早就听说他是没骨气的人，我算见识了，对他的讨厌油然而生。枉我对他一片忠心，然而站错队会"死"人的。那些总是独来独往的人，你别指望他能有集体观念，他们往往更加自私自利。

当然，没有永远的朋友，只有永远的利益。人与人之间抱团取暖也只是暂时的，大难临头各自飞，历来如此。

所以我喜欢独来独往，只有自己能够独当一面，你才能在危难之时自救。这世上能救你的，只有自己，指望谁都没用。

后来我就辞职了，兰州的项目也没接。那次出差直接埋下了导火索。后来我领导联系我，希望我回去帮他，我拒绝了，因为我厌烦了，我想整理一下心情，为自己的未来好好打算。

我是一个敏感的人，敏感的人总容易受伤。我又是一个孤独的人，孤独的人总也适应不了被欺骗。我就是这样，总在社会边缘徘徊，想融入，想让自己尽量正常点儿，可我做不到，也许这就是命。

人生像是一次旅途，我们坐在巴士上，沿途遇到很多风景和人事，那些都是人生阅历。我们终会在哪一站下车，或早或晚。我似乎坐的都是短途，总在换乘，总在辗转，却始终没有安稳下来。

有些人，毕业就在一个地方待到退休。有些人，即

便更换了几个地方，但也还是会安稳下来。而有些人，
一直被边缘化，一直在苦苦挣扎，一直很痛苦，像是一
种救赎。

　　然而我觉得，既然我们旅途的终点无一例外都是死
去，不如就让过程丰富多彩些吧。这样想来，折腾的一
生岂不是也挺好吗？

12 花花公子

有一段时间，老板特别讨厌我，原因是我身边姑娘太多。本来我就长得挺精神，当时还坚持健身，因而异性缘不错，有点儿抢了老板的风头。原本花花公子的帽子是戴在他自己头上的，公司女多男少也都是他的杰作，他喜欢带着女生一起出差，有事没事喊女生给他办事，比如帮他去单位食堂打饭，帮他收拾办公室。他甚至看到漂亮姑娘就挪不开眼，走不动路，就是这样的他，最后竟然诬陷我！

但我其实可以理解，毕竟我们还不太熟悉。人们往往习惯以貌取人，又道听途说。偏见本就源自内心，只有你内心虚空，才会这样评价别人。他就是这样一个十分在乎别人评价，又喜欢妄加猜测的人。

有次去河南出差，我、老板、经理和董秘四人同行。我们在北京西站碰的头，一早的高铁。那次是我第一次和董秘说话，以前见面基本都不打招呼，没想到我们还挺聊得来，于是没忍住，聊了一路。这一幕被老板看见了，他几次叫董秘过去说什么事，我就在旁发呆等检票。一会儿董秘又过来找我聊，因为我俩座位挨着，但又不是我俩故意这样，是公司订的票，赶巧了。检票时候，老板在队伍前面，一个落寞的老头形象，我看了眼他的背影，觉得他心里一定在痛骂我吧。

上了车，我和董秘继续聊，车子慢慢开动，我们都没在意。不一会儿，老板从前面车厢过来，把董秘叫走了，还给了我一个意味深长的眼神。我知道当时他心里咋想的，可我就是不在乎。身正不怕影子斜，我还怕他怎么看我？

不一会儿，董秘回来了，我问她怎么了，怕老板说我什么，她说没事，我俩继续聊得火热。没二十分钟，老板又过来了，这次都没看我，直接把她给叫走了。我仍没在意，一个人看着窗外飞驰而过的树林和菜地，觉得此刻的内心特别踏实。

到了目的地，我们住进酒店。因为这次是公司买单，所以我和经理一屋，老板和董秘都是单间。晚上有个饭局，这之前我们自由活动。我在二七广场逛了一圈，给交往的女孩买了个礼物，逛到天黑，我赶回酒店，饭局就在酒店进行。

河南人酒桌上的规矩可是了得，每个人敬酒客人一圈。我筷子没动，先喝了半瓶白酒。之后更是被他们一顿灌酒。他们不敢灌我老板，又都怜香惜玉放过了董秘，只能我和经理遭殃。最后经理醉得一塌糊涂，我一边喝一边排汗，发现自己酒量居然不错，没事人一样照料经理回到房间。好在他不闹，安静地睡了一夜。早起后，他把昨晚的事情忘了个精光，但自此对我很是照顾。

　　当天中午回京，这次我们坐在同一节车厢。我依旧和董秘挨着。高铁走起来没多久，老板就过来换座位到我旁边。开始他没说话，掏出纸笔认真写东西，我就望着窗外的景色，也没搭理他。不一会儿，他收起纸笔，开始和我话家常，问我一些家里的情况。我觉得他是在试图了解我，这似乎没什么，早听说他这人反复无常，一会儿天上一会儿地下的，他想怎样随便他好了。

　　我俩聊了没多久，车上过来个推小车卖饭的。路过我们，老板也没说买，我就以为得回北京吃了，结果卖饭的过去了，他给我钱，让我去餐车买四份。我乖乖去买了盒饭回来，给经理和董秘送了一份，我回座位和老板一起吃。

　　盒饭送了份热水冲食的汤，我没喝，老板看见了，以为我不知道，让我去接热水冲汤，我说我不喝，去给他冲了一碗。回来他倒没谢谢我，毕竟人家是老板，但从此他对我的态度就变了，常常安排我出差。

　　有次公司来了客户，老板在会议室接见，他身边的座位换了好几拨人，他都不满意，最后差人叫我过去，我就一直坐到会议结束。其间，老板一直吹嘘自己的经历，听得客户目瞪口呆。不一会儿，老板开始有点儿坐立不安，但我始终稳如泰山，不知道是不是我的镇定自若压住了场子，老板话音高亢，讲得更加起劲。

　　之后，老板就常带我出去见客户、谈项目、参加各种论坛会议，一时间我的角色发生转变，同事见我都变得客气起来。

我不知道老板是否还认为我是什么花花公子，我也没因此受什么影响，继续和公司内外的女生密切来往。我承认，我异性缘还算不错，总能遇到帮助我的女生，但我不是渣男，不会因此玩弄谁，最多只是朋友关系。

　　我洁身自好，但我不排斥暧昧关系，一直自我把控尺度。我觉得都市生活有时候太空虚了，我们的内心都需要情感的滋润，这就像是给花浇水，只能异性之间才行，所以适度的暧昧是有益身心的。反正我又不会做出格的事情，拒绝"亲密接触"，只是正常的交往，聊聊天，吃吃饭，一起出来玩，仅此而已。

　　我觉得每个人都有自己的处世之道，喜欢我的人会觉得我这样挺好，不喜欢我也是他们的自由，我从不强求。我们不必为谁而活，原本我们就是为自己而活。当然，亲情友情爱情必不可少，但这些关系的前提也都是自爱，如果连自己都处理不好，我们不可能处理好任何一种关系。独立的人格，独立的思想，独立的经济，这些会让我们应对各种关系更加得心应手。

　　我们不必在意别人对你一时的看法，只要你活的精彩，你的魅力就会发光发热，照亮你身边的人。没有人生来就自带光环，都需要自己去努力塑造。

　　去做个真实而完整的人吧，即便你是个花花公子，也依然会有人爱你。

13 宠物

正所谓，三十年河东，三十年河西。有几个月，我被老板打入了冷宫，没人找我做项目，也不用出差，每天浑浑噩噩，一到公司就看电影，看累了趴桌上睡觉，到饭点就去吃饭，下午接着看电影。有时候，有女生找我出去聊天，我也会出去聊个把小时。当时对于脱岗管得还不严格，有个别人甚至来公司打一照面知道老板出差了，直接打道回府。我们在外走廊碰见，她说，天天无所事事，待着怪没劲的。我冲她微微一笑，表示赞同，但不敢翘班。

因为极度空虚，我养了一条金毛犬，从通州打车带回来的，托一个兽医朋友帮忙找的。小家伙很壮实，也很健康，我给它买了笼子和狗粮，带回住处。当晚，它待在笼子里总是叫，我就把它放出来，它总算安静了，似乎很快适应了这里的新环境。

因为它才三个月，吃狗粮需要用温水先泡软，它吃得很好，长得也很快。每天一下班，我就匆匆赶回家遛狗。它被关了一天，迫不及待想要出去。我给它套上狗链子，拉着它，它疯也似的往前蹿，兴奋极了。

过了不久，我带它去宠物店买狗粮，那里的老板告诉我，它可以直接吃狗粮了，不用再泡水。从宠物店出来，它就不走了，怎么拉它，它就原地耍赖皮。有个路过的女生问，它为什么不走了，我也不知道怎么就说。可能饿了吧，她看我手里提着一袋狗粮，让我喂它吃。我喂了它一小把，吃完果然就走了，真是太精明了。它虽然不会说话，但会用行动表达意思，哈哈，有趣。

我住的小区有个和我差不多时间也养了条金毛的，我每次遛狗回来都能碰见他家狗，只是它俩长得不太一样，一看他家那条就是串儿，没我的这条纯。别人也这么说，我觉得那个人挺没面子的，后来我就很少从那边走了。没过多久，那个人就搬走了，他的狗还在，送人了。我看着那条金毛串儿，感到隐隐的悲凉。

有次我下楼去超市买东西，觉得近，没拴狗链，结果我的金毛一眨眼的工夫就跑丢了。我从超市出来，到处找它，就是不见踪影。我当时特别失落，在楼道里给一个女生打电话，告诉她这件事，求安慰。不一会儿，它不知道又从哪儿跑出来了，我当时喜极而泣，挂断电话，过去抱起它，像爱抚婴儿一般，抱着它回了家。

有时候，它也会调皮地跑去隔壁房间。我和邻居都不熟，大家早出晚归平时也碰不见，我难为情地进人家把它赶出来。当然，这种情况是少数，一般它还是挺乖的。

有次我带它出去，到了小区外就把狗链子解开了，让它尽情撒欢儿。路上遇到一只特别大的白色金毛，看体格不像金毛，可能也是串儿，但长得却挺像金毛。它特别乖，主人不让它走，它就原地坐着，哪怕主人已经走了很远。那对夫妇很好，给我讲怎么驯狗。我听得津津有味，但我知道自己没那个耐性，就让它自由成长吧。

它长得飞快，两三个月就长成了成犬大小。我拉着它出去，都有点儿拽不动它了。它每次出去都特别兴奋，一蹿一蹿的。我也带它去过菜市场，它特别壮实，拉着它我觉得特别威风，摊贩都有点儿怕我似的，我心里不免洋洋得意。

它的狗链有点儿小了，我一直犹豫要不要换一条成犬狗链，但总是懒得去买，后来干脆撒开它去溜。结果它跑得飞快，转眼就跑马路上去了，我赶紧去追，好在不远处我发现它跑回来了，吓得我再不敢撒开它，真怕它跑丢了，或者被车撞到。

我们的感情很好，但是这样的日子只维持了几个月。后来我又开始连续出差，我把它锁在屋里，留着窗户，让楼下超市的大姐每天往里扔两个馒头。大姐说，它头两天还挺乖，第三天开始，它就跑床上把我被子扯地上了，还在被子上拉屎。

有时候，我会叫我爸过来帮我看几天。他会帮我打扫狗的厕所，说屋里太臭了。可能我已经习惯了。有同事说我身上都是狗味，我也不在意，我就是喜欢养狗。

在它八个月的时候，我遇到一个女生，她让我搬去她那里住，前提是狗不行，她讨厌狗。于是我下了狠心把狗送出去。我先是在网上发帖，结果分分钟就有人回复，我猜他们是狗贩子，才意识到这个办法不行，我得把它托付给值得信赖的人。刚好那段时间有个初中女同学和我走得很近，她养着一条萨摩耶，我问她介意收养我的金毛吗，她果断答应了，说周末过来接走。

当晚，金毛好像感觉到什么，爬到我枕头边，头靠在我枕头上，眼里泛着泪光。我鼻子一酸，有点儿不舍，后悔，但当时像是魔怔了，我是铁了心送它走。我忘记那天晚上是怎么度过的，好像空气里充斥着悲伤。

周末，我朋友来接它，它看上去十分不安。我领它到车上，安抚它情绪，告诉它，只是去换个新环境。我不敢看它那像是犯了错的可怜眼神，转身走了。我当时感觉浑身发冷，像是生病了一样。

几年后，当我想起它的时候，得知它跑丢了，我觉得特别愧疚。如果我当时没有放弃它，它应该还在我身边陪着我，想到这些，我心里说不出的难受。

年轻的时候，我们总会做出一些错误的决定，留下遗憾，甚至产生心里阴影。但别去怀疑自己，孰能无过，放下，那也是一笔人生重要的财富。当你偶尔回忆过往的时候，那份记忆，还是会令你流泪，令你感动，已经足够。

14 鲜花

　　我进入旅游规划公司不久，有个初中女同学联系上我，当时她在一家房地产公司做行政。她特别活泼开朗，善于交际，我希望她去做公关。没过多久，她真的投简历面试了，又经过几次跳槽，她去了一家上市大公司。

　　后来她喜欢上一个男生，那人有过留学经历，家里在国外从商，他选择回国创业。她和我煲电话聊这些烦恼，我建议她勇敢地去追求。后来她和喜欢的那个男生交往了半年，没能有什么结果，她火速嫁给了一个苦追她的成功男士，大她几岁，事业稳定，经济条件也不错。

　　我觉得她是对的。我曾经给他介绍过一个男生，俩人迅速陷入爱河，但很快暴露出彼此的缺点，她果断放手了。她是个聪明的女孩。

　　她后来换房子，也来我住的小区看过，还半开玩笑说，要不我俩合租吧，我当时就拒绝了。我觉得不方便。后来她租了间阳台改装的隔断房，我还去过，条件虽艰苦，但一个人住也挺温馨的。

　　好在她后来遇到了真爱，不用再租房，不用再赶公交，老公对她很是宠爱，他们很快有了个可爱的宝宝。

其实她也给我介绍过一个女孩，是她校友。我们加了微信，很快说好见面。

她长得很老成，年纪轻轻就做了工程经理。第一次见面，她有点儿不自信，但我对她感觉不错，我们在簋街吃了小龙虾。

我俩都不健谈，期间没什么话，就是闷头吃。完事我送她回家，感觉她挺开心的。回去的路上，我就电话和她表白了，我说做我女朋友吧，她说好，紧接着她又说，她是不是太好追了，我说没有啊，爱情来了势不可挡，她笑了。

之后我们每天微信联系，也一起吃饭看电影，我也送她礼物，她都挺开心的。但是那次我突然送她花，她却没有接，我不知道她什么意思，她说不喜欢别人注意她，于是一路都是我手捧花，到她楼下她才勉强接了。

我以为我们会尴尬一阵，但发现并没有，我们还是每天问候，却找不到话题，一直尬聊，那种感觉挺令我煎熬的。

某天她联系我，说房山有个朋友结婚，但不认识路，问我回房山吗，可以顺路，我便带她去。公交车上，我们坐在一起，一人一个耳机听她手机里的歌。我感觉曲风都太悲凉了，希望她多听点儿欢快的歌曲，她弱弱地点头，感觉有点儿怕我似的。我说不好那种感觉，就好像她的气场弱我很多。

送她到朋友婚礼现场，我没跟去。本来很少回家，我想回家看看。我去比萨店买了比萨，坐车到家已经过了中午，她给我电话，说婚礼结束了，准备回去，问我一起吗。我当时应该陪她一起回去的，但我当时一定是大脑短路了，竟然让她先回去。挂断电话我就后悔了，我突然有种不好的预感，感觉我俩一直没在一个点上，像是两条不相交的平行线，相处起来很累。

我知道她单位有个追了她很多年的领导，大她很多，她一直没答应。她说她同事都觉得他们挺合适的。我说他们都是居心叵测，让她不要信。

有次我们吵架了，我压抑已久的内心一股脑爆发出来，头脑一热，对她说了狠话，说她并不是我喜欢的类型。当时我只是想听她反驳，想和她吵闹，我觉得那才是爱，但她没有，她特别冷漠地答应了。

我意识到自己的试探失败了，自己的小伎俩没有奏效，内心挺失落的。刚好到了周末，我朋友来找我玩，我那两天没理她。可就在周末晚上，她在微信晒了手捧花，接受了那个追她很多年领导的爱。我当时一下子就蒙了，情绪失控，哇哇大哭。我朋友一边打游戏一边安慰我，我没理会。他有点儿傻了，本以为我在演戏，结果我哭得那么伤心。我不管不顾给她去了电话，她立刻接了，我问她答，她不否认一切，也不反驳，还是那么冷漠，但感觉像是在报复我。我无言以对，挂断电话，回了房间。

我朋友还在打游戏。我又给一个女同事去了电话，求安慰，她说我这样不值得，从始至终，我只是个备胎。她一针见血的点评，让我顿时止住哭泣，有种饭里吃出蛆虫的感觉。

挂断电话，我朋友还在打游戏，他看我的眼神就像在鄙视我一样。

我后来给那个初中女同学去电话，让她帮我问问，到底怎么回事。她问完告诉我，说人家就是不喜欢我，没有为什么。我猜到是这个结果了，即便人家把我当备胎，也没人会承认。

最后，我又给她去电话，问我们还可不可以做朋友，她说只要我不胡闹，完全可以。我感觉这说话的口气，就像两个小学生打架了，一个对另一个说对不起。

很多年后，当我再次回忆这段过往，只觉得自己当时太嫩了。我承认，我不擅长恋爱，甚至有点儿愚笨，我更喜欢简单粗暴，直接问喜欢的人，我们可以上床吗，她同意，我们就在一起，不然还是拜拜好了。我真的不知道该如何处理爱情里男女生之间那些弯弯绕绕。

我更适合找个爱我多的人，或者干脆爱我的其他，这样彼此都舒服。可爱情从来不会这样简单，所以言情小说写了几百上千年依旧经久不衰，可见爱情是多么复杂的一件事情。

每每谈起我的爱情，我妈总说，婚姻不动。爱情来了，没有套路，也没有多么费劲，一切都是刚刚好。

有的人就是天生不会恋爱，你让他送女生花，他都会觉得很为难。可上天是公平的，一把钥匙开一把锁，每个人都有爱情，那个能开你锁的人，总会出现，在一个对的时间，对的地点。

15　拯救

来这家公司之前，我一直觉得自己特愚笨，来了这儿之后，整个人的心智都被打开了，好像忽然有了拯救世界之心。

和她是在网上认识的。当时就想认识一个巨蟹座的女孩，都说巨蟹座的人顾家，我喜欢这种，但又没尝试过，就想试试。

她和我聊得不错，但一说见面，又退缩了。我以为她是矜持，坚持了几下，她终于松了口，让我上她空间，那里有她的毕业照。我找到了，照片有点儿模糊，上面的每个人都看不真切。她让我猜猜哪个是她，我就挑了个最丑的，是想验证结果往往相反的结论。结果，我中了！我简直欲哭无泪！

但后来我们还是见面了，约在大兴黄村中心广场，那里人多，她怕我是人贩子。见到她的真容，我倒没觉得她的样貌彻底没救了，只是她坚持不化妆，让我匪夷所思。

第一次吃饭，她带我去吃的麻辣烫，她点了一份，我俩就那么吃起来。反正她不嫌弃我，我也不嫌弃她，就感觉她挺会过日子的，这样挺好。

我们后来就常一起约出来玩，去唱KTV，去西单逛街，但我们没有一起看过电影，我也不知道为什么。

后来我们就聊，她家是做建材生意的，有个弟弟，家里重男轻女，安排她弟弟出国留学，就希望她找个人嫁了算了，也不想她插手家里的生意，美其名曰是经商太累，实则是准备留给儿子的家业。她家虽然家境殷实，住在大兴的繁华地段，还带我去看过独幢别墅，她打算买入做婚房，但她生活实在节俭，不化妆，只穿地摊货，电脑还是十年前的，她好像和这个时代格格不入。

我不在乎这些，但我希望她能化妆出门。我问过她，她妈就喜欢化妆，我觉得那是一种积极的生活态度，但她说，她老板不喜欢她化妆，希望她把心思全都放在工作上。我觉得狗屁，她老板一定居心叵测，哪有这样的老板。但她就像魔怔了一样，死活不化妆，我对她无可奈何，最后就散了。

这次拯救计划失败。每个人都有自己的人生信条，无须强迫任何人为你改变，不合适就不要纠缠。

听说之前她家里就给她安排过相亲，那个男生喜欢她，但她差点儿意思。和我告吹后，她迅速和之前那个男生完婚，我感觉自己又成了备胎。

后来我朋友说，现在的人都是多线发展，每个人都是备胎，更何况我也不是非在一棵树上吊死，只是我玩得不够狠。

公司有个女同事，有段时间对我很好，我感觉她有点儿喜欢我，和我说了她的很多过往。公司里男女关系很混乱，从老板到员工，没有一个省油的灯，上梁不正下梁歪，公司整个的风气就不好。我不排斥办公室恋情，但和她就是差了点儿感觉。

有次我们一起出差，我俩住隔壁，晚上回房间休息后，她来找过我，带着一堆零食，想和我待会儿。这其实没什么，我也没多想。待了会儿，她要回去，让我也过去待会儿。我去了，算是回访。不一会儿，同事来敲门，说一起出去转转，她说换身衣服，我也没出去，她就当着我面换的裤子。当然我很绅士，也没偷看，我即便是个伪君子，也不会做出这么龌龊之事，换作别人，可能早就下手了。

我们三个一起去酒店外的海边走了走。路上黑咕隆咚啥也看不清，她过来挽住我胳膊，像是情侣那样一起走。我觉得那没什么，同事关系好也这样，或者她就觉得我是个正人君子，挽一下能怎样？再说，类似的事情常出现在我的生活里，我的异性缘一直不错，也有很多女性朋友，或者说我是妇女之友，只是难碰到自己喜欢的。

后来也没什么后来，虽然她也有过很多次的暗示，但我都没反馈，我觉得不喜欢就不要乱暧昧，这是初恋给我的启示。不能因为异性缘好就随便睡别人，不喜欢是很难长久的。而且我似乎有精神洁癖，不喜欢的人很难让我产生任何的欲望。我不是那种以貌取人的人，我更看中感觉，感觉对了，一切都是水到渠成。

后来公司来了一位港大研究生，她对我也不错，有次我换了新手机号，给她发消息，逗她玩，她上当了，真以为我是她的故友，直到她打电话过来才露馅，但自此我们的关系就熟络起来了。

她也给过我暗示，说她家里给她安排相亲，是我家那边的。我不知道真是这么巧，还是她在说谎，总之她的用意很明确。我尝试过，但我对她就是喜欢不起来，人家各方面都挺好的，是我觉得配不上她。

后来我们的关系就慢慢疏远了，但她对我一直保持着少女般的情怀。有次我远远望着她，她那天穿的紧身衣，便羞红了脸低头看自己的胸。她的胸是个硬伤，但我看的是她的面容，从没动过歪心思。她的那种少女心，曾经让我有过动心时刻。

我是个很纠结的人，如果我不是那么的喜欢一个人，我很少表露这份感情。如果我对她开始幻想，那只是一个喜欢的信号，但是经过一段时间，我仍然没有去追求，我才确信那是一种错觉。

爱情应该是不顾一切，无论她好坏。喜欢不是相貌决定的，是发自内心的。每个人都有各自的偏好，我更喜欢少女心泛滥的女生，然而这仍需要看缘分。我们不该试图用爱情去拯救任何人，爱情是自私的，只有自己动了心，才想要去拥有。爱情又是相互的，一个人的努力换来的只是欲望的满足。所以很多人没有爱情也在一起了。似乎爱情就成了一种理想，只存在言情小说里，而现实总是赤裸裸的利害关系，少有纯粹的情感可言。

16　好奇心

以前经常看到电视里演各种婚外恋的故事，后来广电出台政策，这等戏份被逐渐淡化，就是怕影响不好。2014年，我写了部类似题材的小说，最终也没能出版。我一直对这类事情好奇，但仔细想想，其实也没什么，男女之间，互相吸引，说不清道不明，可能就是始于冲动，止于现实。

她是我同事，我来公司之前，她已经做过两次"第三者"，我觉得她有问题，不以为耻，反而还洋洋得意和我讲起她的故事。

第一次是在出差途中，他们在高铁上相遇，两个人都不健谈，又都十分孤独，不经意的一个眼神就藏着千言万语。但他们没有交流，下车后各奔东西。

没想到，他们在回京后的高铁车厢里再次相遇，彼此都是感慨万千，一起吃了顿饭，攀谈到很晚，暗生情愫。之后他们常常约出来见面，他努力讨她欢心，终于在数月后赢得芳心。他们开了房，他俩的事情就此告一段落。

后来他就变得冷漠了，见面不再努力讨好她，反倒是她，总对他纠缠不清。他们见面就是为了上床，其他再没太多交流。她这才意识到不对，原来他早就结婚了，孩子都打酱油了。他们摊了牌，他低头默认，没有愧疚，没有挽留，就想这么算了。但她不甘心，想要破坏他的家庭，联系了他老婆，甚至到他家里面见父母。他老婆不是善茬儿，知道她的存在很是镇定，开始和她正面交手。她连一点儿赢的希望都没有，因为他爱他老婆，他们还有孩子，他不可能为她抛妻弃子。

最后她败得一塌糊涂。她很失落，但没有绝望，很快就进入到下一次"第三者"经历里。

他是她领导。她在公司无依无靠，她的北漂经历很苦，她想过上安稳的日子，就想找个人罩着自己。

很快，他们迎来了一起出差的机会。他人不错，幽默风趣，而且很成熟，谈吐各方面魅力四射，她一下被他征服了。当晚，他去了她的房间，她不知道他为什么而来，可能是看穿了她的心思，他强硬出手，征服了她。之后他们就成了地下情人。

她知道他有儿有女，但他的家人都在老家，他明确告诉她了，他们不会有未来，可她不在乎，只要在一起开心就好。他们合租了一套公寓，对外保密。

这种事情在公司屡见不鲜，我不知道有多少人看穿他们，反正我一眼就看出来了。当时我刚进公司，跟她也不熟，这些事都是当乐子听。

后来他老婆突然杀到家里，看破没说破，但他知道分寸，就搬走了。没过几天，他离开了公司。他们就此断了联系。

我们是一起出差时慢慢熟络起来的，我俩都是水象星座，性格相似，经常一起臭贫。她也常拉我出来玩，一起唱KTV，一起吃饭看电影，一起逛公园，玩得不亦乐乎。她也会和我说她家里的事情，不出意外，她是喜欢上我了。而我只是喜欢和她臭贫，她有我喜欢的那种少女心，我对她摇摆过，但她太作，我有点儿受不了。

那年春节，她借着拜年给我来了电话，突然向我表白，我有点儿意外。但让我拒绝一个女孩子，当时的我是做不到的。如果在今天，我可能会拒绝她，但其实我也想试试，即便我并不看好。

虽然我答应了她的表白，但之后什么都没发生，她莫名冷落了我数月。所以我说她作，我根本懒得搭理她。突然某天，她又哭着给我电话，让我搬她那儿一起住，我说得年底，我那边的公寓还没到期。之后我们又开始联系起来。某天我准备出差，她突然引诱我到她那儿睡觉，我怕控制不住自己，拒绝了她。

出差回来没多久，是个周末，她约我到她家吃饭，并让我晚上请她看电影。阴差阳错的，她选了部恐怖片，我不知道她是不是想学着电影里那样，到了恐怖桥段，好扎进我怀里，但我没给她这样的机会，因为我从不看恐怖片，开场十分钟我就溜了，到楼下快餐店吃汉堡。

等到电影结束，我能看到她一脸的失落，我心里有点儿暗爽。我俩一起往车站走，她说大概没有末班车了，我说没事，可以打车回去，她说很贵，然后很小声地说，要不住我那里吧，我毫不犹豫地从了她。

第二天上班，她容光焕发，我知道她心里特别自豪。可我临时决定，辞职。在家歇了一周，公司给我电话，让我去办离职手续，另外有笔钱还没领。那天，公司有几个同事为我忙前忙后，我特别感动，没想到我在公司一年半，人缘还算不错。

年底，我搬去她那里住，她突然定了很多规矩，让我特别反感，我越来越受不了她。她每天换着花样做好吃的，就不给我吃；她每天凌晨回家，骄傲地说谁谁又约她吃饭了；她夸张地打扮自己，看上去十分不舒服……

我不知道她是怎么了，好像突然变了个人，变得无趣又幼稚。

一个月后，我搬回了房山。我爸单位分房了。他们在我哥那里照顾孩子，房子空着，我刚好可以静心写作。

那天是世界杯开始的第一天，她一直躲在房间里，没有出来送我，也没有发脾气。我把钥匙给她留下，跟她说了声再见，她就那么应了一句。我俩就这么不欢而散。

后来每当我回忆这件事，我都觉得是我错了，我不该招惹她，或者说，我该学会拒绝。几年后，我给她电话，和她正式道歉，她说没事，都过去了。我觉得这样的结果挺好，人生本来就有很多这样的时刻。我们总是和一些人分分合合，他们就是这样教会了我们很多人生道理，让我们在以后的路上受益匪浅。

第二辑　奋力追赶却又磕磕绊绊

在哪里跌倒，就在哪里爬起来，这是每个人的心结。不撞南墙不回头，想要扬帆起航，再出海，无奈风浪太大，不幸遇险搁浅。曾经怀疑自己，心有不甘，倔强地，苦苦挣扎。

01 摇号

2014年，我在学开车，去的有名的大驾校，六日班，在百子湾附近坐校车去大兴。学车的人很多，校车一路多站上人，每次都差不多坐满。

驾校很大，我们在一间大教室听课，讲了很多违反交通规则的严重后果，目的明确，警醒我们端正态度，正视交通规则，严格遵守，做个合格的文明司机。

之后发给我们两本书，一本白皮的交通规则手册，一本驾车实操，让我们回去好好学习，准备科目一考试。

当时我还在上班，没事的时候就拿出来交通规则手册翻阅。我好久没有学习过了，对于自己的记忆力很是担心，有时候很难忘记一些事情，有时又记不住一些重要的东西。但很幸运，我科目一考了91分，马上就能上车了。

上车之前，我们进了一间模拟教室，模拟驾车实操，主要让我们了解和熟悉开车是怎么一回事。两人一台模拟机，跟赛车游戏差不多，大家玩得不亦乐乎。我记得我很快就上手了，只是玩得磕磕绊绊，心里开始打鼓，我能学会开车吗？

　　第二天，我和一个研究生领到同一辆车，普桑，手动挡，教练是我的老乡，一见面就问我们是哪儿的，因此很是照顾我。

　　上了车才发现开车这事儿没那么难，甚至对我来说还挺简单，各项训练几乎都一遍过。相反，那个研究生笨极了，简直榆木疙瘩，根本就不动脑，而且理解能力极差，因此他摸车的时间是我的两倍，效果却不及我的一半。一下子，我就放松下来，研究生紧不紧张我不知道，但有时看他手忙脚乱的，教练发愁他以后怎么开车上路。

　　时间飞逝，一天也练不了几轮。下课后，所有学生去找自己的大巴，很多人，很多大巴，大巴的路线和目的地不同，大家根据各自去向有序上车，然后是浩浩荡荡的车队开出校园。天色已晚，一天的疲惫显露出来，感觉比上班还累。

　　我本以为学车可以过过开车的瘾，但其实并不能。学会开车以后，就直接练习科目二内容了，直线加速、连续弯路、坡起、倒库、侧位停车，等等。

　　我一直觉得开车是靠娴熟的技术和一种感觉，这种感觉是人特有的，比如走直线，你是看着路走直线的，可研究生就是不会，他把教练问懵了，一个研究生不知道怎么走直线？学历不高的教练也不知道该怎么解释，让他自己去体会。

　　学完这些科目二内容，剩下的就是练习。每次上课就是我们俩轮流开车，在练车场各个科目场地练习相应科目。有次入场，有个女司机不管不顾一路鸣笛杀过来，教练让我们赶紧让路，说以后遇到女司机机灵点儿，她们开车都是路霸，必须毫无保留地礼让，不然你最后一定一败涂地！

我觉得考科目二应该挺难吧，常听谁说倒库没过，可当我考试那天，监考老师坐我旁边，关键时刻总提醒我，哪里该打轮了，哪里该怎么样了，我轻轻松松就过了。当然，就算他不提醒，我也能独自完成，毕竟我的车感不错。

这让我想起了中学时考的体育科目，学校早早安排好了一切，不管我们的表现多么糟糕，最后都能达标。但前提是我们并不知道，平时艰苦训练，考试时候努力去做，哪怕是差强人意，也都得了个好的结果。

科目三是上路，三人一车，每人体验几公里，就在学校外那条专用考试路。当然，路上也有车，教练就坐在副驾，他有副脚刹，如遇突发情况，随时停车。结果我们的车还是被后面的车撞了屁股，原因嫌我们开得慢。教练车是受保护的，教练下车一顿批评肇事司机，很快驾校出来好几个专门处理这种事情的人，感觉跟黑社会似的。当然，他们肯定是按章办事，后车司机很年轻，交了一回"肇事罚款"。天色暗淡，我们继续体验夜路，学习车灯的正确使用。

上路就短短的一节课，第二天就考试了。科目三，我白天夜路都要考，虽然发生了一点儿小失误，但就像一切都是完美预演，我们都考了90分，全部通过。

短短三个月，我拿到了驾照，一个黑皮夹子，里面是一张驾驶证和一张实习一年期的证件。然而拿到驾照的第一件事不是开车，而是申请北京小客车指标参加摇号。我因为手痒痒，多次想找个陪练，过过车瘾，但是觉得太贵，最后都放弃了，想着也许一两年摇到号，买个车，没事开着玩去野去，结果这一摇就摇了五六年，至今没摇上，我的中签率已经是基准的六倍了，然而车神依旧没有眷顾我。

2016年底，我爸买了辆老年代步车，能跑五十迈，我从涿州给开回来的，刚上路有点儿小紧张，五分钟就找到感觉了，觉得这要是辆真车该多好啊！

我的这份心情，一个女同志表示理解，说开车是男人的一大梦想，我深有体会。我想车都要想疯了，但就是摇不到号。

2018年，我哥等不及，买了辆新能源电车，每天开车上下班，三天充一次电，不到两年电池就坏了。本来电车就贵，换一次电池不是个小数目，而且里程受限，没办法自驾游。无论如何，电车也代替不了汽油车，当个生活圈附近的代步工具还行，但是说到爱车，还得是汽油车。

不知道取消汽油车买卖之前，我能摇到号不？早就传言慢慢要取消摇号，不过我觉得不太可能，大家都买车，还不把北京撑爆了。

我现在是离开了闹市，生活在山区，这里车少人少，不担心堵车，跑起车来肯定特别过瘾！可惜，我摇不到号。

　　我是支持北京摇号这种管制措施的，但同时也希望能找到新的替代方式，比如普及共享汽车，让老百姓都有车可开，方便百姓，又不给国家添麻烦，这样最好不过了。

02　帖子

2014年我辞职后，又在市区逗留了两个月。因为和一个姑娘闹翻，从她那里搬出来，就回了郊区的家。

爸妈希望我休息一段时间就在附近找个工作，谈个对象赶紧成家，因而购置了新家具，希望我可以早点儿踏实下来。

然而我自从离开家上学后就没让家里省心过，不知道这是不是命。那段时间，我独自住在新房子里，吃着老本，每天抱着电脑，一周才下回楼。我玩贴吧上了瘾，起因是我进了个双鱼座的贴吧，在那里发了个帖子，帮人分析双鱼男，因为我自己就是，所有的分析都是基于自身的经历，因而很多人觉得神准，越来越多人跟帖，盖了几千层的高楼，上了热帖。我每天除了吃饭睡觉，都在忙着回帖，玩得不亦乐乎，有种红人的感觉。

有个姑娘是大四生，她男友是双鱼座，他们是一次聚会上认识的。男生喜欢她，对她展开了猛烈追求，三个月后，他们就在一起了。

开始的一段时间，他们在一起挺甜蜜的，慢慢争吵多了起来，她男友就提出了分手。她不同意，但没两天，他就换了新女友，她不服气，和他掰扯，希望复合。他开始不答应，后来说要开房就考虑一下，她问我，这事该怎么办。我说双鱼花心，他要是不爱你了，估计也是白折腾，但不排除如果你对他死缠烂打他会回心转意。她表示有点儿为难。我问她干吗非在一棵树上吊死。她说是他先搅乱了她的心，她不甘心就这么结束。

她继续和我讲。原来他家有矿，并且他家里对她不满意，她去见过他父母，想来他家长要求挺高的。关键是，他家有矿。她说她家境也不差啊，她不服气的是这个。我问她打算怎么办。她说她一定会去的。我至此无话可说，觉得她一定会无功而返。

几天后，她联系我，感谢我帮她分析，说他们复合了，她男朋友不知道我的存在，但她不希望他哪天发现了怀疑她，说要删除我，希望我谅解。我说没事，同时感到能帮助到她很是荣幸。

之后我们就没再联系，但那条帖子的热度依旧不减，又有人请教我。她刚毕业，他是她学长，她单方面喜欢他，他对她有点儿冷淡，但她一如既往地对他好，她自己说无怨无悔，但烦恼的是，不知道这样做会不会有结果。凭我对双鱼的了解，如果他不喜欢你，是很难有什么结果的，所以我建议她放手。但她不甘心，就想对他好，她下了狠心，哪怕没有结果。我没说什么，随她去了。

爱情里面，都说女追男隔层纱，但前提是，他得对她有好感。如果一点儿不喜欢，只想和你上床，那是渣男，最好离这种人远一点儿，因为你最后什么都不会得到。

虽说最完美的爱情是两情相悦，但那种情况太少了，最常见的就是男才女貌，或者男财女貌，或者两个人都特别优秀，强强联合。但其实大多数还是一方喜欢另一方多些，他对她苦追到底，这种爱情的结果也会挺甜蜜，当女人感受到爱情的甜蜜后，她也会很爱他。

最糟糕的情况就是她不择手段得到他，甚至当小三，破坏别人家庭，这是最可耻的事情。无论你多么爱他，或是爱她，都不应该以破坏别人家庭为代价。说爱情是自私的，为了爱情就要奋不顾身，那些都是言情小说的毒，首先得学会做人，然后才是爱一个人。

爱情里，最容易当局者迷。我们总认为爱上一个人是多么痛苦，离开对方就活不了，那些都是错觉，是虚妄，这世上根本就没有谁离不开谁。

如果有人爱你，你又对他有好感，请珍惜。

如果有姑娘主动追你，喜欢就大方接受，不喜欢也请坦诚相待，纠结只会害了两个人。

通过那些帖子的发言者，我看到很多人在年轻的时候不懂爱，他们深陷其中无法自拔。那只是个成长的过程，每个人如此，所以那并不可怕，只要你从上一段学到了东西，在下一段来到的时候，你可以爱的更好，一样可以得到幸福。

那么多的姑娘问我，他对她不好，可她依然喜欢他，问我该怎么办。我理性地分析，希望她放弃，结果没有一个放弃的。有一个姑娘，说她上学时候就喜欢他，但他们一直没在一起，后来他先结婚了，她才也结了婚。婚后他们依旧保持联系，他不幸福，她心疼他。他后来离婚了，她问我，她该不该离婚去和他在一起。我问她，他是什么态度。她说他不提，她觉得他很为难。

现在有些男女关系太混乱，动不动就上床，爱不爱都上床，谁的床都可以上，什么床都可以上。对于有精神洁癖的我来说，是很难理解的。

年轻人爱如烈火，激情之下，什么结果都不管不顾，有人自食恶果，有人惺惺作态，有人不知廉耻。

爱情虽说是男女之事，但有些男女之事很让人觉得恶心，和爱情一点儿不沾边。在新鲜感的刺激下，有些人越过了道德底线，做着一些让常人无法接受的事情，实在是社会之灾难。

我觉得，时下的年轻人应该自爱，不要一味寻求刺激，能让你爽的事情往往暗藏危机，找一个爱你和你爱的人，好好爱一次，幸福也好，痛苦也罢，那才是爱情该有的滋味。

2019年入冬的某天，当我再想看看当初的帖子时，点开网页，被告知，该用户已被封禁。

03　稿子

2014年伊始，我着手写首部小说，写了好长时间，都没写过两万字。回到房山后，我脑子里一直萦绕这样一个故事：一位北漂女孩，如何为了改善艰苦的生活，而做了领导的情人，最后终于在北京站稳脚跟的故事。

当时我还不会写大纲，这个故事的灵感完全来自于那个做过两次"第三者"的姑娘。我又是第一次写长篇，内容十分粗糙，有凑字的感觉，行文艰涩，人物塑造和剧情发展都很幼稚，是个失败的试验品。

但我当时并不这么觉得，甚至有些兴奋，四处联系编辑投稿，结果无疾而终。有编辑说，这个题材就无法出版。后来又折腾了一阵，我才彻底放弃。

第二部写的是校园故事，想从高中写到大学，以我的经历为模板，加之想象，三个月就顺利写完了。当时还不得要领，没有主角的概念，都是冗长的叙述，故事很平淡，没有一点儿律动感，但总算突破了凑字数的阶段，知道一本书大概要写多少东西，下次应该会写得更加自如。然而投稿之后无果，我知道自己的创作还很稚嫩，但只要不放弃，总会有进步的，这就算是一个开始。

第三部就写得游刃有余多了，写了四个大学校友的爱情故事，有点儿模仿《奋斗》的意思。写完沾沾自喜，觉得这次总该有突破了吧，继续投稿，继续石沉大海，编辑的评语是：故事太简单，没什么深意，人物泛泛，剧情粗糙。

我知道，写作这条路十分艰辛，很多人写了两年，没有突破就继续上班了。我不信自己这辈子与写作无缘，相反，从2006年开始接触写作，我就坚信，我这辈子就是要成为作家的，无论过程多么艰难，我都要咬牙坚持。

当时在网上碰到一个大学生，他很支持我，还帮我拉了个粉丝群，让我感受到一丝欣慰。我鼓起勇气，继续创作。

2017年，我写了一部励志长篇，当时《欢乐颂》正火，某网站因为我的这部小说有《欢乐颂》的神韵，因而签约上架。我以为自己马上就要火了，当时还有另外一家经纪公司准备出版这部小说，结果因为我贪图大平台的影响力，最后签给了网站。

然而后面发生的一系列事情都十分不顺利，我开始后悔这次签约，不如当初出版了。但那些都是后话，我才意识到，刚开始写作，不要贪图大平台，能出版就抓紧出版。后来出版政策风云突变，想出版难上加难，加之网站不作为，我签约的长篇点击量上不去，出版和影视剧改编无望，我决定解约。直到2019年初，我才完成解约，可这时候再想出版，已经错失良机。

这部小说之后，我又写了几部作品，签给了一家手机平台，当时给了签约费。我以为一切该走上正轨了，该我转运了，然而并没有，发表后的反响平平，我意识到出版无望，后来也就没抱希望，继续写新作。

当时遇到了创作瓶颈，一直写言情文，然而我又写不出细腻的情感，又不愿意迎合市场，一直在写"回忆式"的作品，但似乎写不出《匆匆那年》的成功，于是决定突破自己，从头开始。

那家平台的编辑教会了我写大纲，虽然几个新故事都没过审，但有一个故事的雏形还是得到了编辑的肯定，说想法新奇，可以好好设计一下剧情，磨一磨人物。但我当时当局者迷，一点儿想法没有，就此搁置。

一年后，我对这个故事有了新的想法，开始丰富大纲，把它写成了一个系列文，分为几部。我又细化了第一部的大纲，在那年冬天开始了创作。这是我的首部悬疑奇幻文，我对它充满期待。三个月写完，我开始多处投稿，有编辑说故事新奇，可以考虑合作出版。

我当时不甘心这样的结果，还在期待其他投稿的回复，很快，一个征文比赛告知我，这部小说入围了，我才放弃了合作出版机会。过了半个月，征文方告知我终审没过，意味着没机会免费出版了，我回过头来又找之前那家应允合作出版的经纪公司，结果人家涨价了，我很恼火，就彻底放弃了这家。

我反复思量了一阵，觉得就这样放弃可惜，向其他家投稿都相继被拒，我才再次联系了征文方编辑，说是入围作品都可合作出版，之后谈妥，就这样出版了我的第一部长篇。

写作在今天这个时代尤其不容易，网络小说盛行，我不喜欢被网络编辑塑形的作品，就想做个自由的作家，写我心中的故事。

我写作的初衷，并不是单纯地为了赚钱，而是想成为独一无二的作家，写自己心中的故事，去自由支配我作品中的人物命运，哪怕可能会颇具争议。

我的策略，就是无论如何，先让我的作品流入市场，至于之后的事情，谋事在人成事在天了。

但好在我算是重新找到了写作的方向，写作技巧也逐渐纯熟，个人风格明显，坚持不随波逐流。我知道以后的路会很艰难，但无论怎样，我都不会放弃写作，也不会妥协，我就是我，只写属于我的故事，让喜欢我作品的人有一个喜欢我的理由。

这就是我写作的初衷，这也是我现在的写作状态，我不图马上就能大红大紫，但我会坚持不懈地写下去，写到老，写到再也写不出故事。因为热爱，所以写作，我这一生也就不留遗憾了。

04　生病

　　我的抑郁从高中时候就开始显现，主要表现为情绪低落，对生活缺少热情，对任何事情都提不起兴趣，有时候悲观失落，甚至也会自责。到了大学，时好时坏，经常怀疑自己有病，去医院看病又没有病症，吃药也不管用，情绪很消极。工作后大致如此，断断续续，但还能正常生活。

　　2015年，我由于长时间写作，长期憋在屋里，缺乏运动，长时间面对电脑，大脑一直保持亢奋状态，没有保证充足的休息，我的情绪变得极度不稳定，心里烦闷，看谁都不顺眼，加之写作失利，压力过大，彻底把自己搞疯了，整天活在幻觉里，和自己较劲，和虚幻的烦扰抗争，慢慢就焦虑了，开始看东西模糊，身体出现各种不适，整个人彻底崩溃了，失眠，血压飙升，暴瘦十几斤，一看就是亚健康那种。

　　那段时间，我连电视都看不了，头晕，头疼，感觉脑子坏掉了，分不清生活中的真假，总想找碴儿，感觉自己快要挂了。

　　我感觉浑身都发紧，尤其是脖子。我去医院挂了急诊，得先降血压。拍了脑CT，没有发现病变。看了颈椎，有病变，做了理疗，但依然头晕。大夫让去看看耳鼻喉，说是前庭功能减弱，但是没办法治疗，只能吃药，吃药也不管用。后来又去看鼻子，说是鼻内狭小，做了个小手术，痛苦了一个月，但是头晕依然没有解决。

因为情绪不稳定，去看了精神科，说是双相情感障碍，很多作家有类似的病，比如海明威就是这么自杀的。我也有过自杀的想法，但我不敢，我的内心一直有个声音，我想活着，我想写书，我想成为作家。医生给开了药，我吃了一个月。

那段时间，我总在家里闹，和邻居也有矛盾。甚至出现了迫害妄想症，一出门总感觉有人跟着自己，觉得他们在议论我，在观察我，像是在看一个疯子。我讨厌看见的那些人总会出现在我眼前，我感觉自己的一切别人都知道，包括自己的想法。有一次，我从卧室走去卫生间，就听见楼上有脚步跟着我，我停它也停，我走它也走，就好像在模仿我，我气得冲房顶大骂。我还总听见有人说话，即便家里没人，即便父母都说什么也听不见，可我的耳朵里却一直有人说话的声音，我活在极度恐惧中，心跳加速，感觉别人也会感觉到。我生气，脑子里很乱，感觉别人也感觉得到。我没有一点儿安全感，就想找个人迹罕至的地方隐藏起来。

我出门，早出晚归，跑到山上，往没人的地方钻，可我还是能听见有人说话，感觉有人在监视我，就好像那些曾经被极度迫害过的人，我也快要疯了。

邻居不会因为你生病了就怜悯你。我听见她们说，干脆死了算了！或者说，他一定有病，要不人家都上班，怎么就他在家待着！或者说，人家是个作家！我讨厌一切的语言暴力，我不知道平静的生活为何突然变成这样，只感觉天要亡我，我不知道自己还能坚持多久。

后来我去精神病院看病，医生给我开了十三种药，每次一吃一大把，吃了几顿之后，开始出现各种副作用，总是饿，总是困，吃了睡，睡了吃，短短几天增肥三十斤。

好在头晕得到缓解，幻觉时有时无，一切暂时恢复了七八成，可以看电视，只是焦虑很严重，身体总感觉不舒服，坐立不安，无法集中注意力，脑子里感觉怪怪的，看东西也怪怪的，所有的不一样，很难用语言来形容，但却时时刻刻影响着我的正常生活。

我想我没疯的根本，就是自己变成了无赖。我才不管别人怎么说，也不理会自己如何影响了别人，只要心情不好就发泄，像是回到幼年时，一切由着性子来，一点儿都不想压抑自己，就这样，我变成了一个自私自利、目中无人、无理取闹的大无赖！

虽然这样的自己很是讨厌，但只有这样，我才能不至于疯掉，才能继续生活，继续写作。虽然一切变得很艰难，但我总算可以活下去。

因为长期服药，我的转氨酶很高，虽然后来已经减少到只吃两种药，但依然无法规避转氨酶的问题。

我的尿酸也高，如果情绪大起大落，很有中风的风险，我因此学会了控制情绪。

到2019年，我基本学会了和这一切和谐相处。我知道，这种病无法根治，会伴随我一生，但我明白，每个人的一生都不可能一帆风顺，遇到了，就要坦然接受，勇往直前。

我习惯在网上交朋友，我会倾听她们的各种故事，我知道，每个人都有她们的不幸，比起来，我在某些方面至少还是幸运的，有免费的药吃，有一定的生活补助，不工作也不至于饿死。至此，我没再对自己的遭遇烦恼过，我保持平和的心态，继续写作。那是我的爱好，也无形中转化为我的一种信念，我要写更多有力量的文字，去感染和激励更多人，帮助他们战胜困难，勇敢面对生活。

经历了这些，我总结出：

第一，无论什么时候，什么情况下，都不要和自己较劲。放平心态，积极乐观，多交流，或是找到自己的方式去平衡生活，才能有更健康的心态，才能更好地面对生活。

第二，发现发展自身的至少一个爱好，并且保持下去，这样或许能在关键时刻危难之时救你一命，就像我们每天都要吃饭一样，吃饱了才不会饿。

第三，保证适当的户外运动，而且要出汗。出汗时排出毒素，可以很好地平衡你的心态，保持身心健康。

第四，注意休息，作息规律。早睡早起当然是最健康的生活方式。人的身体往往比你想象中要脆弱很多，不是身体没反应就没事，等身体真的出现问题，一切为时已晚，而且很多问题是不可逆的，我深有体会，所以有感而发。

05　漂流瓶

2015年，我玩微信漂流瓶，每次抛出去都有人捡起来。我就想认识新朋友，听不一样的故事，积攒写作素材。初衷是这样的，但有些事也是难以预料的。

她是希望找个倾听者，让她倾诉自己的不幸婚姻，无奈遇到太多搞一夜情的，她都有些心灰意冷了，直到遇到我。

她老公对她冷暴力很多年了，他们一直处于分居状态。每天下班回家，他就窝在沙发里玩手机，她和他说话，他也不回答。但她依旧给他做饭，他也吃，就是不讲话。

我问她，这样的婚姻名存实亡，干吗不离婚。她是为了孩子，不想孩子的身心健康受到影响。我表示理解，就是太委屈她了。

她平时喜欢练字，硬笔书法，她希望可以以此为生，只是没人支持她，身边人看她都带着鄙夷的目光。她一直隐忍着一切，其实内心是想找个爱她的人陪着她，她很孤独，虽然她不说，但我感觉得到。

某天，我联系她，问她最近怎样，她说刚好想联系我，她有个事情拿不定主意。她在柜台做销售，但她做不来，觉得每天都很煎熬，她想辞职，但不知道这样对不对。我理解她，她和我一样，除了自己的爱好，其他什么事情都做不好。我说，不喜欢就辞职，别为难自己。她听了很开心，好像找到了知音。

她说她有想我，问我有想她吗，我如实回答，确实有想过。如此就朝着恋爱的方向发展了。我不介意她有过婚史，甚至有孩子，只要两个人在一起开心就好。

我们都是"80后"，可惜相差八岁，我在父母面前试探过，他们无法接受，我很为难，后来就认她做姐姐了。

我希望她能够幸福，想帮她改善夫妻关系，我说她就是太缩手缩脚了，让他觉得她好像离不开他似的。我建议她尝试夜不归宿一回，看看他什么反应。结果果然奏效了，他主动和她说话了，大概是担心她外面有人了。

我得出结论，爱情里，男女双方应该势均力敌，无论哪一方太过依赖对方，都会使爱情的天平失衡。

以前有个同事，是个前台，她老公是个高级工程师，财大气粗，她在他面前特别卑微，即便在家里她也想尽办法取悦他，不然她的位置就保不住了。因为这份心理失衡，她心理也不健康，经常偷偷出去，穿着暴露，去逗引其他男人，以此寻找安慰。

我的这个姐姐毕竟不是那种人，我鼓励她坚持爱好，去做自己喜欢的事情。她每天接送孩子，给他们做饭，其他时间都在练字。后来她自己开了间工作室，教小朋友写字，虽然赚得不多，但也当作一份事业来经营。

父母辈的爱情，大多父亲在外赚钱养家，母亲操持家务，因而母亲只能任劳任怨，照顾一家大小生活起居。如今年代不同了，男女都工作，家务就得共同分担，不再是女人任劳任怨了，从一开始就处在平等的地位。

我姐姐的性格也偏弱，别人说她笨，她就不敢自己拿主意了。别人看你好欺负，自然就会拣软柿子捏，人性就是这样卑劣的，欺软怕硬，很少有人真的做到同情弱者。很多人都是落难后才后知后觉。我从来不想依附谁，从来都是独来独往独当一面。我想要保护姐姐，但我也有难言之隐，授人以鱼，不如授人以渔。

后来姐姐去给别人打工了，教小孩子写字，那是她喜欢的事情，也少了一份压力，月月领工资，我觉得挺好的，我得祝福她。曾经我还有点儿放心不下她，但事实证明，每个人都有极强的求生欲，事情把你逼到了悬崖边，都会迎难而上，寻求自我突破的。

姐姐一直想来山里看看，她生活在平原，没怎么见过山。而且她想放松一下，也想找个清静的地方休息一阵，或是陪我待会儿，她觉得那样特别美好。但她觉得路途太远，她还没出过远门。我知道，她是担心我们没有结果，这样只会徒增悲伤。

我们就这样活在各自的痛苦中，像是两条不会相交的平行线，明明出现在彼此的生活里，却注定要去淡忘彼此。我不知道人生的多少相遇是这样的，他们总是在我们的生活里不期而遇，结果又匆匆离去。相识是缘，离去是缘尽，为什么要经历这样的痛苦呢？

或许，这就是人生常态吧！慢慢地，人们都变得吝啬付出感情，因为怕最后换来的还是一场空。人情淡薄，总是有原因的。世间冷暖就是如此，孤独地来，孤独地去，孤独几乎伴随我们终生，能令我们不那么孤独的，只有自己。

所以后来我学会了和自己相处，坚持写作，隔三岔五爬爬山，不断以自己舒服的方式结交新朋友，感恩父母，享受每一天的美好生活，善待自己，宽容他人，在心底保留一份童真，心怀梦想，永不放弃，这样的我，在和自己独处的时候，觉得也是充实的。

那之后，我就没地方去玩漂流瓶了，我就得挖掘新的交友方式，不断丰富我的写作素材。

因为各自忙碌，我平时很少和姐姐联系，只在彼此发朋友圈的时候，互相支持，以此保持沟通。我答应她，等新书发行，给她寄一本我的签名书。她曾经想和我学习写作，后来发现时间上和练字无法调和，才无奈放弃。

她是个很好的人，我会一辈子记住她的。

06　变脸

2015年，我一边写作，一边以各种方式搜集写作素材，其中就有在QQ上交友聊天这一项。

某天，有个姑娘主动加我，这令我很是吃惊，想难道自己转运了？我通过了她的好友申请，线上简单了解，得知她是医科高才生，在北京找好了就职医院，还没入职，就被派去加拿大某医院外科进修一年。还有三周她就要回国了，刚来时候知道要待一年之久，她还没那么想家，这马上就要回国了，她反而有点儿按捺不住，这才加了北京的我为好友。

她每天结束工作都会给我语音电话，说她家里一直催她结婚，她讨厌相亲，就想自己找对象，问我是怎么个态度。我们年龄相当，互相看过照片，都还满意，唯一的差距就是她年薪很高，而我只是个落魄的作家。她知道我有病，似乎也并不很介意，玩笑说我，精神病还想谈恋爱啊。我以为她会不理我，可她依旧每天给我打语音电话，和我聊以后在一起的事情。

她希望我去找个工作，把写作当作第二职业，我妥协了。她说两家出钱，在她工作的医院附近贷款买房，她负责还房贷，我说好。她说让我买辆车，租京牌，我说好。

一切商定好，我以为我们就算在一起了，就等她回国，我们闪婚。我把这件事先和我爸通了个气，他一直沉默不语，似乎有什么顾虑，感觉一切太虚幻了，不真实。只有我一个人坚信，我们就是要闪婚了。

没过几天，她突然跟我说，说她看见男同事洗澡了。我问怎么回事。她说她都下班了，突然被通知有个手术，她就去找主刀的同事，当时她同事已经回宿舍了，她去宿舍找，叫门没人应，她就推门进去了，听见浴室有声音，她问了句，还是没人回应，她就冲进了浴室，结果什么都看见了。

我没明白她为什么和我说这些，我以为是什么考验，我还安慰她，说不是她的错，特殊情况嘛。她没说什么，嗯了句，开始陷入沉默。我刚要和她确定，我们就算正式交往了吧，她突然又说，她今天在医院碰见个和她一样来自北京的实习生，家是海淀的，有车有房有存款。我听完心下一惊，感觉不太妙，听她继续说。

她不怎么喜欢那个男孩，但他约她吃饭了，她没拒绝。那天她迟到了半小时，他们为此闹了不愉快，但他安慰了她，她也原谅了他冲她发脾气。

我不想听这些，我想知道他们是朋友关系，还是恋人关系。我追问，她说，他和她表白了，她没拒绝，她也不知道为什么，可能因为他各方面条件不错，更适合结婚吧。我说哦，其他不知道还能说些什么。她说，对不起，我得删了你了。然后，她就消失了，和她突然冒出来时一样。

我没有为此难过，仔细想来人家也没有错，本来我就一无所有，还想这种美事，不是有病，就是疯了。

爱情从来不存在有情饮水饱，那些不过是言情小说的毒，没有面包的爱情是不会长久的，这就是现实，就像如果姑娘不好看，我大概也不会这么愚蠢。

没几天，我又遇到一个姑娘，她父母是生意人，公司做大之后就转手卖了，用那些钱环游世界。她的工作是父母托人给找的，是个会计。她每天开宝马车上班，周末都要去打高尔夫。因此她说话趾高气扬的，总带着刺，知道我是作家，也不了解情况，就嘲笑我一定在啃老。我不否认这件事，但她的语气的确不讨人喜欢。

她问我，怎么不说话。我没理她。她说不说话就删了吧。我说好。然后她就把我删了。我很开心。

记得小时候，我妈常说，看电视剧就是在看世间百态，人生如戏，戏如人生。在我还读不懂书，也没办法远足的时候，我是这样去了解这个世界的。

长大以后，我读各种书，接触同学同事，以更直观的方式体味人生百态，那种感觉是不一样的。可是，世界之大无奇不有，我总领略不够，因为圈子就那么大，遇到的总是一类人，时间久了，慢慢就腻了。怎么办？我开始通过网络去认识更多人，结交更多新朋友，听更多不一样的故事，就像作家总会去各地采风，去体味世间百态，去了解风土人情。我是生在了好时候，今天的生活如此便利，我足不出户，就可以认识很多朋友，聆听很多稀奇古怪的故事，才能让我把笔下的人物和故事写得更加深刻。

我叔说得对，只有充分了解人情世故以后，才能写出生动有趣的故事，也才能被更多人喜欢。我现在写的，更多是我对这个世界肤浅的看法，也许只有等到我六七十岁的时候，才能写出所谓的人生百态。

有时候，我也怀疑过自己，每天和乱七八糟的人瞎聊有意义吗？我觉得有，至少我看到了千奇百怪的人，听到了五花八门的故事，年轻不就是应该什么都去了解一些吗？

所以，我不会惊讶于怎么会遇到以上那两位姑娘，我觉得这才是真实的生活。我朋友说，你也老大不小了，找个靠谱的人赶紧结婚吧。我说，什么叫靠谱，本来我就是一个不靠谱的人，不敢奢求特别靠谱的爱情。人不都是说变脸就变脸，这世界不也是常常风云突变吗？我觉得这样挺好，这样才可以有空可钻，不至于被生活压得喘不过来气，生活也不会那么艰难了。

07 尝试回归

2016年，因为写作不顺利，又得知朋友开了公司，我想尝试一下，看能否回归职场，毕竟自己离开职场多年，而且患了病，很多事情很难预料。

朋友的公司刚起步，我不想给他们添太多麻烦，能解决我吃饭坐车的花销就行。我的心态是过来帮他们忙，另外我想让自己适应一下职场节奏，把这当作一个跳板，兴许哪天就飞了。

他们租了间一居室，花二十万改成了办公室，也没招员工，就他俩自己。又和另一家公司搞合租，平摊租金，一切都是为了省钱。

我不知道他们有多少钱，他们的公司开了一年多，这期间他们还各地考察，好像全是开销，没有入账。我问过，他们说有收入，但我在的几个月里只有一个项目，还烂尾了，我不太相信他们的话，但其实也和我无关，反正我没投入任何，角色也只是打个下手的。

我一直不看好他们，原因是他们在各方面的能力都不够突出，没有核心竞争力，哪会有什么业务上门，唯一值得肯定的就是态度。他们经常讨论问题到面红耳赤，刚才还是合作伙伴，转脸就成了仇人，恨不得弄死对方，要不是我对他们十分熟悉，早听说他们经常这样，我真是有点儿担心他们。但第二天他俩就跟没事人一样了，我算是很快适应了，没再担心过他们吵架。

其实他们的业务也不少，我一直跟着他们跑东跑西。经手的第一个项目是个大型活动，我主笔的，写完他们不满意，大家又头脑风暴一起改，我因此怀疑自己做不好这份工作。她说这种活很少，公司主要业务是民宿改造和经营，我才稍稍放心，继续跟着他们干。后来那个项目无疾而终，他们也没在意，继续下一个项目。

他们经常带着我去拜访朋友，这种跑来跑去兼顾游玩的工作感觉不错，我因此很是享受。我们拜访的都是圈内有名的民房爆改人物。他们有著名设计师，来到一个村落，租个院子，对其大刀阔斧地改造，改成很前卫的现代风，可惜我们只能在大门外看看，人家为了隐私保护不让外人随便进。后来又去了一家有钱人家，院主人花了几百万装修整个庭院，里面相当奢华，看得人目瞪口呆。

以后我们就扎到各个村落，去寻找闲置民房，甚至是破房子，选房的标准就是周边环境优美，要么山水成画，要么山林之中犹如人间仙境，总之爆改之后，能吸引城里人来山里体验返璞归真的美好生活，这是最终目的，也是唯一宗旨。

当时我对民宿不甚了解，而他们已经研究了一两年，国内有名的民宿景区他们都去考察过，也是发现了民宿旅游这块大蛋糕，想干出一番惊天动地的大事业。

为此，常有同样创业并且小有成就的同行来公司交流。他们似乎做得有模有样，前途一片大好，让我相信，这一两年他们确实没有荒废，确实做了一些事情。

我来了一个多月，终于迎来了一个大项目，有人投资他们经营一家水库民宿。我们在一家咖啡厅见了面，他们聊业务细节，我就给跑跑腿，买杯咖啡、果盘什么的。完事送走了投资人，我们继续探讨这个项目，也大胆畅想了一下光明的未来，未来她也要把公司做成股份制，要壮大队伍，扩大业务规模，最终上市。我听完这些宏伟的畅想，也开始幻想起电影《中国合伙人》中的场景，想象自己成了某个板块的负责人，同样是给她这个大老板打打下手，依旧身价不菲，娶媳妇这件事也水到渠成，然后逐渐淡出实体业务，慢慢归隐，想来简直完美！

我承认，我被她描绘的未来图景给带到天上了，虽然感觉有点儿虚无缥缈，不切实际，但万事都有可能，不经历怎么知道是不是虚幻呢？

她为了开公司，卖了朝阳的房，又在公司附近租了房。她老公在国外，一年回不来几次。加班到很晚的时候，她会让我到她那里暂住一晚。我喝着从他们朋友酒吧带回来的一瓶自酿黑啤，数着袋装花生米，一个人胡思乱想。她突然出现在我眼前，穿着迷你短裙，在我身旁试探了两圈，见我没有冒犯之意，她才安心坐下，和我聊了会儿天。之后，我睡在客厅，她回卧室，一觉到天亮。

第二天早上，我发现马桶堵了，但她家又没有皮搋子，不巧她老公明天回来，不能让她老公知道有男生在她家睡过，不然她百口莫辩。晚上，我俩下班后去附近的小店去找，都没有卖皮搋子的，最后还是从她合伙人家里借来的，到家一阵捣鼓，总算疏通了马桶。之后，她再不敢让我去她那里过夜了。

每每回忆这段过往，我都觉得对我人生受益匪浅。如果不是亲身经历，我大概不会深刻体会创业的艰辛。以我沉默的性格，大概也处理不了那么多人际关系，就连和同事激烈讨论到打起来这种事，我也一定做不出来，我大概会在每次争吵中妥协，然而这样是做不好事业的。

我曾经还想要创业，为此开过网店，但我缺乏眼光，没有谋略，缺少魄力，最后搞得一塌糊涂，小小的赔了一笔。也就是小打小闹，要是玩大了，我非得赔得倾家荡产不可。

创业需谨慎，至少不是人人都能做事业的。和他们这次经历，总还算相处愉快，至少我以后再见到皮搋子的时候，总还能想起那段经历。

08 民宿

几天后，我们拿到首笔投资款，就向延庆水库民宿进发了！

原址是水务局的办公楼，现在荒废了，只有几个看水库的人住在那里，马上也要搬走了。我们去的时候，他们还没接到通知腾退，就暂时一起住在那里。

房子在陡坡上。三排房，有个小院，被水库围绕。三层有个观景台。房子年久失修，各种小问题。房顶有的漏水；内外墙体斑驳泛黄；屋里都是榻榻米，但没床垫；卫生间都有问题。虽然不用大修，但工程量也不小。我们资金有限，得节俭开支。

装修问题，我们在一个延庆公众号上发了帖子，因为有活干，很快就有装修队打电话进来，一天内约见了好几拨人，最后把活分开包给几拨人，最大限度降低成本。院儿里也找了一伙干杂活的，铺地砖、砌水池、安装院落护栏……总之杂七杂八的活，一个月左右就全给搞定了。

期间难免发生一些扯皮，我领导和工人，我两个领导之间，小矛盾不断，几乎两天一小吵三天一大吵，我不掺和，做个安静的旁观者。好在，最后都挺了过来，所有不愉快烟消云散。他们买来床垫，我们总算有了住的地方。床单被子都是以前旧的，先凑合用。卫生间缺这少那都是拼凑的，好歹能洗澡上厕所了。

　　一切安排妥当，他俩就安心出去办事，留我一个人在这里镇守。吃的东西都是他们每次回来带的。这里原来有个大姐做饭，我们一起吃。她每天做好饭就从厨房出来，喊我们下去吃饭。伙食不错，荤素搭配，四菜一汤。有时候，大哥们也会开小灶，好酒好肉招呼我们，也有水库的朋友请我们吃喝，日子还算不错。

　　没过几天，他们从北京带过来一个厨子，四川人，个头不高，十几岁就在饭店做学徒了，自己也开了家小饭店，现在交给他兄弟打理，他出来继续工作。当天晚上，他试菜，我们都品尝了，味道确实不错，后来就由他负责掌厨了。有时候，他们走了，就我俩在，也会自己去水库边下网，捕到鱼吃大餐，算是无聊日子的一种消遣。有时，我们也和大哥打牌，我总是输，后来就不玩了。

　　我领导的朋友也来玩过，其中有个画家，住在宋庄画家村，她小时候是个放牛郎，因而她的画作都特别写意。她的性格算是内敛，外表看起来有些粗糙，但内心十分细腻，喝过酒，一身酒气，她会抱歉地说，好味儿！我们哈哈一笑，说我们没那么多事儿。

　　天气好的时候，会有自驾游、骑行者们到院儿里来，想找个地方烧烤，我们象征性地收费一百元，走时让他们把垃圾扔进垃圾桶，没有其他要求。也有很晚来想留宿的，但还没正式营业，环境有点儿简陋，不介意的可以住下，象征性收取一百元。但是那些想吃饭的，我们一概不管，一是食材有限，我们一周才出去采购一次；二是没价目表没菜谱的，赔了赚了没法统计，就一律拒绝。

我朋友也来过，他弟弟抑郁了，想来和我请教一些问题。我其实没什么可传授的，每个人情况不同，最终都得靠自己走出来。他第二次来的时候带了一帮朋友，来这里烧烤，我送了他们一条水库鱼，是冰箱里的藏货。大哥他们和水库的人熟悉，常能弄到几条大鱼，我们算是近水楼台先得月。

几乎每天都有客人进来询问什么时候营业，一定要过来玩。主要这里景色不错，依山傍水，气候宜人，适合家庭游、朋友聚会。我想这就是有人投资这里开民宿的原因吧。

当然，除了那些惬意的时光，我也干了不少活，二十几间房屋，加上周围的卫生，搞起来并不轻松，这种活他们是不会外包的，都是我们自己干，也折腾了好一阵。

本来近两个月的时光给我留下不少美好的回忆，但最后却闹了不愉快。首先，这里的投资人看不上我做这里的管理者，当然我领导是没在意的，但我心里不算好受。其次，我领导莫名要降低我工资，本来我朋友就劝我不要给他们当苦力，说最后我什么都落不到，结果来了这么一下，彻底打消了我的积极性。最后，他们让我和员工睡通铺，住在一个套间里，作为管理者，我不能拥有独立单间，这有点儿说不过去。综上所述，趁他们在市里没回来，我偷偷跑了。我知道，他们在的话，肯定不会放我走，不如来个狠的，彻底拜拜。

后来我朋友因为上次吃了水库鱼，觉得味道鲜美，想去买两条送礼，托我和那里的熟人说说。我电话里安排好一切，让他们自己去的，结果就出了问题。水库附近的另一家民宿给我使坏，说我是因为他们人品不好才走的，说我觉得他们不行，开不了民宿，等等好多坏话，结果他们就给我电话，说我走就走，干吗背后使坏。我当然是被冤枉的，我虽然因为某些原因丢下一切走了，但我仍然把他们当朋友啊，就算我们真闹掰了，我也不会做出这么无耻的事情，我向来不喜欢背后议论别人。好在最后澄清了，我们把话说开了，但这件事也在我心里埋下了阴影。

都说人言可畏，当你真的某天被诬陷时，能澄清是幸运的，说不清也只能认栽，这种事儿在生活里太常见了。我们无法堵住任何人的嘴，想说就让他们说吧，强者是不惧怕那些流言蜚语的。虽然刚开始很难接受，过程也很痛苦，但咬咬牙，总会过去的。你最终会发现，那些语言暴力都是纸老虎，只有自己内心强大了，才能立于不败之地。

09 不和谐

离开朋友公司，我没歇着，直接网上投简历。找的是房山的活儿，我不想去市里再租房。没想到一切很顺利，长阳有一家文化公司想做旅游项目，刚好我有工作经验，接到面试通知，我就信心满满地去了。面试领导只问了我一个问题，我就通过了，她问我，如果打造房山旅游名片，怎么搞。我的回答是急中生智分分钟想出来的，没想到就和她的想法不谋而合。这样，我第二天就入职了。

我一早起来去体检中心做入职体检，完事去公司报到，填了一些入职表格，录了指纹，就算正式入职了。别的问题没有，就是拿回体检报告不合格，还是转氨酶高。这倒不是大问题，是因为我服药的原因，并非肝炎。但人事不知道，她们认为可能没休息好也会这样，让我再去测一下。为了蒙混过关，我去的我爸单位医院，抽我爸的血，写我的名字，结果自然没事。人事看了结果对这家医院资质产生怀疑，我说是大医院，她懒得扯皮，关键我领导很器重我，她也就睁一只眼闭一只眼了。算是个小波折吧，好在其他一切顺利。

头几天，部门同事都出差了，我无所事事，就随便上网看看，结果被公司大领导看见了，给我领导打了小报告。我领导给我电话，让我上班注意点儿。我本来想反驳，说我暂时没任务，难道看看网页都不行吗？但我没这么说，我说我在找资料。她说那也得注意点，大领导不知道我在干什么，人家就认为我上班时间在玩，咱堵不住人家的嘴啊。我听得出来，领导理解我，但她也很无奈。我不想让她为难，就答应了。

我突然对这家公司很失望，虽然上班是弹性时间，可以晚去晚走，但却不能自由安排事情，都得给老板做样子，没工作也得让老板以为你有工作，不然就是破了规矩，无规矩不成方圆。

我继续浏览网页，这次小心谨慎，不时偷瞄周围，有人经过立马切换文档，结果还是被打小报告了。我都不知道他们是怎么发现的，一个个闲的没事总盯着我吗？

后来我领导出差回来了，把我座位换到墙角，想保护一下我，说有人盯上我了。我以为又是迫害妄想症犯了，也分不清真假，心里一个劲儿痛骂，一面想就当给领导个面子。

我们部门有个大大咧咧性格的人，还有点儿自以为是，大家都不怎么喜欢她。她做事总被人吐槽，但老板喜欢她，她有点儿肆无忌惮，不把我们部门领导放在眼里，她俩因此总暗中较劲。我和她接触过，人还不错，就是个性强点，她自己也说，她不懂人际交往，同事关系总处不好，因此换了几份工作。我喜欢有个性又自我

的人，一般这种人待人真诚，不戴虚伪的面具。我自己
就是。但我领导器重我，我只能一面和领导站在一队，
一面私下和她做朋友。

　　我几乎每天下班都坐她的顺风车，路上也聊得来，
感觉挺不错。实际上，我在公司也没什么朋友，依旧独
来独往，有她偶尔做伴，也挺好，免得我看上去总那么
形单影只。

　　我们老板是设计出身，他喜欢中规中矩的人，很多
公司里的设计没什么能力和想法，但基本功过关，他就
喜欢。我是策划，我写的案子想法很好，但文笔欠佳，
有时候是我领导稍微润色之后再给老板看，老板因此没
有找我茬儿，我们还算相安无事处了半年多。但我知道
他一直看不上我，我同事也说，他喜欢大大咧咧的人，
不喜欢我这种沉默寡言的，尤其我领导还特别器重我，
他就更想给我找点儿不痛快了。

　　某天我领导出差，他就给我安排了任务，我一贯的
作风就是雷厉风行，他看完我的文案，觉得不行，让我
回去修改。以前我在旅游规划公司的时候，老板在意的
是创意，是思维，对文字不会吹毛求疵。但他不一样，
他喜欢抠细节，文案不过关，其他都不作数。就这样，
他借这件事把我劝退了。他不敢开除我，因为签了合
同，他得给我违约金。我朋友公司开除员工给三个月工
资补偿，我知道他不会，劝退就是为了免去这份钱。我
不会和他扯皮，反正我早就想走了，我也不喜欢这样的
老板，一点儿大局观没有，斤斤计较的。

说实话，我也看不上他做的东西。虽然他懂技术活，我肯定干不了，但当你看一个人不顺眼时，你会直接否定他的一切。

离开公司后，我又找了新工作。以前的领导给我电话，说给我找了个私活。后来从同事那里听说，她一直希望我能回去，这种事情在公司发生过，有人辞职后又回去的，但老板一直没松口。我领导就对他说，说我顶得上十个某人。听完我十分感动，我也知道她对我很器重，但有些事情需要缘分，虽然没机会继续做同事，但朋友可交，我会一辈子记得她。

老板很喜欢的某人，在我离开后不久也走了，我问她怎么回事，她说是自己的问题。我知道她好几次因为和领导闹别扭，自己闹到老板那里，几次以辞职说事儿，结果事不过三，最后老板没再留她，是她自己作的。

打我进公司开始，我就感受到了那种熟悉的不和谐气氛，是所有公司都存在的那种不和谐之气。然而公司的人却还要表现出一种团结的感觉，各个以虚伪的面貌示人。

实际上，人与人之间有时不是用眼睛去看人，而是像狗那样去嗅某种气味，正所谓臭味相投。那些真实的人总容易被集体孤立。那些抱团的人不会嫌弃周身的臭气烘烘。所以人性中有很多丑恶，需要艺术家来发现美，然后一群不懂艺术的人来高歌赞美，怎么听都觉得不那么和谐似的。

10 那女孩对我说

　　来公司一两个月的某天下班，我在打卡机前碰到一个女孩，不能说她有多漂亮，但我看她的眼神确实无法从她身上移开。

　　她个子不高，大概到我胸口，有一双水汪汪的大眼睛，皮肤白皙。我当时就站在她跟前，看她脸蛋儿嫩的出水，就那样不礼貌地盯着她看。她指纹打卡完，回头看了我一眼，微微潮红的脸颊，让人移不开眼。她笑了下，嘀咕说，忘记东西了，又折回公司。我当时脑子是蒙的，可能有过要她电话的想法，但我不敢，觉得现实生活不同于言情剧，而且我当时很胖，确实没那个自信。我打卡下楼，走了两层楼梯，突然想起忘了东西在公司，也往回跑。她刚好下楼，我看了她一眼，她看我的目光有所躲闪，我们就这样擦肩而过。

　　我以为我们再没机会见面了，但我却莫名开始经常见到她。有时候在洗手间门口，有时候我刚好回头和同事交流，就看见她双手插兜，高昂着头，一副不可一世的样子，路过我的工位。

　　然而只是这样，我对她依然有贼心没贼胆。说实话，我有点儿怵她，我不知道那是不是喜欢，但确实有种初恋的感觉。

可能上天注定我俩后来会有故事吧。某天，我领导请我和另一位同事吃饭，她问我，公司有看上的姑娘没，她要给我做媒。我说巧了，我在打卡机前见到一位姑娘，对她一见钟情。她说她知道了，肯定是那个挺漂亮的姑娘。我当时并不确定我俩说的是不是一个人，但我也没办法准确地告诉她，就想听天由命吧。

没过两天，领导告诉我搞定了。我惊讶，问她怎么做到的。她说去那边找她朋友，就过去和那个姑娘打了声招呼，说一起吃顿饭。但她没说是想帮我说媒，就随便聊聊，告诉我那姑娘叫什么，我就可以到公司群里找到她。

我同事八卦，想看看她长什么样，让我再看到她从我们这里经过时，给他指一指。当天，我同事就如愿了，看完不住感叹，说她怎么那么漂亮啊。我知道，漂不漂亮是对比出来的，至少她在公司确实数一数二了。

我在公司群里找到她，说是我领导让我加她的。她马上通过了好友验证，我进行了一番自我介绍，表明想认识她的意图。她倒是没拒绝，我们加了微信。每天我们都会聊一会儿。我问她对我还有印象吗，上次在打卡机前一面之缘，我对她念念不忘。她说记得，我很开心。我说，你干吗总像个大哥的女人，满脸的不可一世。她笑，说哪里有。就这样，我们慢慢熟络起来。

她是湖南那边的土家族，从小学习画画，现在就成了设计。她刚来北京时候过得很苦，那时候还是短头发，我看过照片，像个假小子。后来她好像是长开了一样，越长越漂亮。我看过她做的图，觉得有点儿问题，我就从一个策划的角度和她讨论了一下，她豁然开朗，说原来是这么回事啊。我没想到自己还能帮到她，但这无疑给了我约她出来吃饭的机会。她果然没再拒绝，说下班后就在附近随便吃点儿吧，本来她最近减肥，不吃晚饭。我感谢她给我这个机会，我们一起去吃了比萨。

用餐很尴尬，我不知道该说些什么。我告诉她，我特别紧张。她让我放松，就当成是朋友吃顿便饭。她看上去很淡定，但我确实从头到尾都很紧张，最后匆匆结束了饭局。

我送她回去。她住得很近，两站地的距离，我们一起往回慢慢走，一路相对无言。偶尔冒出一两句，觉得还挺有情调。送她到楼下，我们就此告别，我看着她往前走，她在楼口前回头看了眼我，见我一直驻足观望，她冲我笑了笑，我朝她摆摆手，依依不舍地走了。

我以为她会嫌弃我，或是讨厌我，但她没有，依旧每天和我聊天。我以为我们很有机会在一起，但当我再约她出来时，却怎么也约不动了。

她是水瓶座，我上网查了星座解说，说是得让水瓶觉得你不喜欢她，才有机会在一起。我为此一直努力营造出没那么喜欢她的样子，想约她出来也只是随口一说，她不愿意就拉倒，我也不强求。直到几个月后的某天，我再约她，她说已经有对象了，我当时感觉胸口凉了一下，什么都说不出来了。

　　但她一直在我微信里，我们偶尔还会聊天，知道她要结婚了，我既替她高兴，同时也为自己难过。但是没办法，事已至此，只能祝福她了。

　　年后，我们又联系上，得知她分手了。她说那个男人口口声声说爱她，却处处制约她，让她感觉很累，如果仓促结婚，最后也会离婚。我问她想要怎样的婚姻。她说不知道，只知道想要自由。然而婚姻哪有绝对的自由。她说，那不如一直单着。她又回北京找工作了，我知道她在我离职不久后也辞职了，原因是和领导不合。我心想我们要不要这么有默契啊。

　　我说，当初我为了追她，研究了好几天星座。她说，只要真诚去追就好了。我当时又谈了个水瓶座，她也是这么说，结果她也是突然跟了别人。我为此有些情绪失控，她说我今天不对，我们暂时不要再聊了。她好像从不会和别人争吵，心里不满都憋在心里，或者只向亲近的人吐露。曾经她也向我吐露心声，但我确实搞不懂她。星座说，水瓶座自己都搞不懂自己。我觉得是吧，接触了两个水瓶座，我被她们搞得晕头转向。也许，这就是人生吧！

11　想要的生活

2016年底，我投简历面试了隐居前的最后一份工作。公司不大，老本行是做调研的，也想在文旅市场分一杯羹，我就这么进了这家公司。

我们不和老板在一间办公室，他在楼上有间独立办公场所，他老婆是会计，和他在一屋。我们办公室坐着七八个人，有个人刚来没多久，又要走了。不过他们都是做调研的，只有我一个人负责文旅项目，我自己就是部门经理，只是手底下没有干活的小兵。必要的时候，有个应届大学生跟着我，但她对于文旅连个概念都没有，也帮不上什么忙，和我出去办事，总是问东问西。

其实看得出来，老板也不懂，每次开会他都问我，有项目了吗。我要说没有，他就说急死人了。我着手做项目吧，他又对我指手画脚，这不对那不对的，好像对我十分不耐烦似的。当你以为这样了吧，他又和你推心置腹地聊，懂不懂放一边，就会神侃那些虚头巴脑的东西，真东西却一点儿没有。我意识到，这地方肯定待不长，因为老板的不作为，肯定会影响我的执行。

但我并不打算马上走，一来他给开的工资还可以，二来马上就过年了，这里放假半个多月，我就想混个日子吧，等年后再找新工作。

年底本来也没活，所有人天天来公司就是玩手机。神奇的是，他们竟然可以安静地坐一整天，只有我表现得十分焦虑。为了度过每天这八小时的煎熬，我一直在偷偷看刚上线的武侠电视剧《射雕英雄传》，每天更新两集，看完了就看《鬼吹灯之精绝古城》，要是赶上篮球比赛也会看，总之各种充实自己。

某天，老板突然喊我上楼，说是有个项目让我去见见客户。他给我安排了一个姑娘随行，这样客户见了有面儿。但其实她也顶不了一个助理。

我们坐地铁去的，也不远，一个多小时就到了。一起参加的还有一位老板的朋友，是美院建筑事务所的一位负责人。我想不明白老板是怎么个意思，因为论资历，人家美院肯定比我们强太多了，你让他们参加，不如直接把项目让给他们；如果说是想合作，就公司的实力，也就能帮人做个调研，后来人家客户也说不需要，我心里话说，老板你的如意算盘打错了吧。

既然从一开始就没打算接这个项目，老板干脆自己来谈调研的事情，也许把握还大点儿，让我一个做文旅的来谈调研的事情，岂不是挂羊头卖狗肉？想来纯粹是拿我开涮嘛！我心说去你的，老子不干了，跟着看人家美院是怎么展示以往案例的。客户看得津津乐道，觉得人家立马高大上起来，对人家也是客客气气的。我呢，毫无底气地展示我们的PPT，客户却一直追问我们公司是做什么的，我能怎么说？这不是自讨没趣吗？公司就我一个人负责文旅项目，本来就没有团队运作，想一切外包，就你想空手套白狼，真以为别人都是傻子啊？钱就那么好赚吗？

这些都不置可否，反正我也没想继续干下去，过了年就拜拜喽！

但他绝对不会认错！老板有什么错？错都在我，也只能在我！人在屋檐下，怎能不低头？我只能承认项目没拿下来，其他还能说什么？

他依旧隔三岔五地喊我上去，问我有项目了吗，要不就是说急死人了。我心说，你可不是急嘛！狗屁不懂，就会吹牛皮，跟我说，公司和国家某部门合作，有资金，你就敞开了干吧。我想着万一干好了呢，不是就不用着急换工作了吗，结果一努力，找了个合作伙伴，人家是真正的国家下属单位，有政策，一起搞个文旅项目多好。我跟他一汇报，他又牛起来了，看不上人家这个，看不上人家那个。我就想问，你有什么啊？本来就一无所有，你还想一口吃个胖子，那不是痴人说梦嘛！

幸好当时快到春节了，他们一家子出国旅游了，我们每天来公司就为了打卡，等节前一周放假。他们外地的，差不多就买票走了，留我俩北京的驻守最后一班岗。结果我俩也提前几天放假了，我同事隔三岔五来公司给花浇浇水。

这样到了年后复工，我一直没碰到老板，因为他手上的调研项目逐渐开始了，他也不催我赶紧找项目了，让我踏实待着，仔细研究一下公司的业务。

我当时感觉无聊极了，开始在网上投简历。有时打着出去见客户的幌子去面试。后来发现有人给老板打小报告，甚至给我穿小鞋，我发现老板也不傻，他一直派人盯着我，我觉得日子不好混，就辞职了。

后来一直没收到面试通知，我猜那些投出去的简历八成是石沉大海了，一时有了归隐之心，也是厌倦了职场的不作为，于是我回到老家山里，开始专职写作。

毕业七年，我一直过着职场上颠沛流离的生活。我找不到自己合适的角色，甚至觉得自己和这个社会格格不入。我更向往一个艺术家的生活，向往自由，期待能够实现自我价值最大化。而且我的性格如此，不善交际，不喜尔虞我诈，更愿意闷头做自己的事情，觉得那样才是没有浪费时间。

我不是那种喜欢过游手好闲日子的人，只是更想做一个作家，用我对于人生的思考，去实现更多更大的人生价值。我知道，父母肯定希望我可以朝九晚五地上班，可以像普通人一样成家立业。其实有时候我也想，但我最终发现我做不到。我在职场浪费了很多年，那里根本找不到我的位置，我更喜欢写作，那才是我人生的方向，我为什么还要去浪费生命呢？

本来，人生的成功就不只是以金钱来衡量的，还有你喜欢什么，你乐于怎样生活，很多很多的价值，都远比金钱更值得珍惜。

我可以接受写作不得而带来的贫穷，我愿意这样生活，只要我还乐意写，我就会一直写下去。

因为热爱，所以写作。这才是我想要的生活。

12　相亲

父母一直惦记我成家的事情，于是在街上看到婚介所的广告，立刻带我去报名。

那地方挺不好找的，七拐八绕钻进胡同，在路边的一幢老楼里，婚介阿姨等在门口，看见我们，招呼我们进了一楼的一间小屋。因为是老楼，格局不怎么好，房间都很小，屋里一张办公桌占了房间的四分之一，靠墙窗下有两把椅子，我父母坐那儿，我坐办公桌前填一个表格，登记自己的基本信息，存档备用。填表是其次，主要她得见见我这个人，看看我的精神面貌，给人介绍对象她们得负责。

我觉得这态度挺好。没过几天，她给我微信推送一姑娘，附带两张照片，其貌不扬，是个幼师，离我很近。我们加了好友，聊些有的没的，开始感觉挺客气的，毕竟是教小孩子的，天性不失童趣，聊的还可以，就是感觉共同话题少点，也没有任何心动的感觉，算是差强人意。

某天，我和她聊理想，我说我想去市里上班，她就有点儿懈怠情绪了。我当时不知道怎么回事，我心说女生不是都喜欢上进的男生吗，我哪里说错了吗？结果我再联系她，她已经把我删除好友了。后来我才知道，她是想找个附近的，方便她照顾家里。我想，这大概就是没缘分吧。

　　两年后，也就是2018年，我已经隐居山林，婚介阿姨某天突然说给我介绍对象，我开始不知道是谁，结果一加好友，发现又是她。她刚失恋，而且母亲刚去世，心情十分苦闷，我安慰她，想约她出来放松一下，她拒绝了。我觉得女生矜持一下也没什么。我试图转移话题，问她怎么和前任分的。每每提起这个话题，她都特别伤感，这两年来，他们一直很恩爱，马上要结婚了，他走了。她不愿说出具体的分手原因，只说是他腻了。我当然不信，但继续深究也无意义了。

　　我跟她坦白，说两年前咱俩聊过，当时没成。她说那完了，当时不行现在肯定也不行。即便她这么说，我也没有轻易放弃，继续安慰她。她说谢谢我，她现在很不好，因为她爸一直催她赶紧结婚，说再不结婚剩下的都是有毛病的了。我听完心里一凉，觉得肯定没戏了，由此打了退堂鼓。可她又不说拜拜，我只好再次约她，她拒绝了，我就拜拜了。我觉得她一直没有从上一段里走出来，这样匆忙开始下一段，是对我们的不尊重，所以拜拜了。

　　婚介阿姨好像和她家沾点儿亲戚，问我为什么不谈了，我说她还没准备好。阿姨反问我，你是身体有什么问题吗？听口气像是在为她鸣不平。我随口说自己有多动症，结束了无聊的谈话。

　　经婚介阿姨介绍，我认识了个热心的大爷，他免费帮人牵线搭桥，完全出于个人爱好。同样的，我也得去和他面谈，他得瞧瞧我这个人，最后说我该减肥了。

　　很快，他给我推荐了个他们单位的一个小姑娘，在食堂工作，个子高，长得也很漂亮，就是家境一般，她初中没毕业就辍学出来了，日子过得很苦，让我对她好点儿。

　　我们加了微信，开始了尬聊，聊不了几句就断，我总得找新话题，特别累。她朋友圈有不少照片，我反复看了好几遍，觉得确实漂亮，就是学历低，没啥文化，工作也不太好，竟然一直在食堂窝着，可见也没什么本事。我犹豫过，但还是因为她漂亮，所以约出来见了一面。她倒是干脆，说见就见。

　　我去她单位找她，见她第一眼就惊艳到了。她穿得挺时尚，虽然是淡妆，但锦上添花，整个人如出水芙蓉，十分清秀。说实话，我没为之心动，反而觉得有点儿紧张，是那种觉得别扭的紧张，生怕因为她吸引来更多人的目光。要是2014年的我，也许可以驾驭这一类型，那时的我总能处之泰然。然而今非昔比，我也没想到自己某天也会如此焦虑，真是三十年河东三十年河西啊！

　　饭后，我们一起去看了电影。她说她有好几年没进电影院了，那时我才知道她的日子确实过得捉襟见肘。但她至少知道节俭，没有让自己入不敷出，这在今天的年轻人身上也是很好的品格了。我觉得这种女生适合过日子，就想继续发展一下，谁知看完电影她就不理我了，任我怎么给她发信息，她就是不回复。我想应该没有以后了吧，她和大爷说，嫌我没工作，这时候我再去争辩什么瘦死的骆驼比马大也没意思了，就放手了。

可笑的是，两年后的某天，婚介阿姨又要把她介绍给我，我心说她也还没脱单啊，挑来挑去，也被剩下了。我突然想起一句话，用这儿也许不太恰当，但听来确实挺过瘾的，"出来混迟早要还的"。

我一个很好的朋友，她曾经一点儿都看不上她现在的老公，但几经周折，他们还是见面了。她觉得他对她很好，就慢慢勉为其难接受了。曾经处处看不上的他，最后也成了她的老公。她说，挑来挑去，谈了一个又一个，真是累了，干脆找个对自己好的嫁了算了。我说，现在很多人的婚姻都是凑合来的，那些一直被"不将就的婚姻""宁缺毋滥"所毒的人，至今大多还单着。

我朋友说，谁有本事就一辈子自己过！我想说，我也累了，也很想找个人将就过一生好了，可是这样的人想遇到也很难。

爱情是什么？不是爱谁的外貌，爱谁的钱财，而是爱他（她）是否对你好。因为他（她）对你好，你也会很快爱上他（她）的，就像我们不能选择出身，却很爱我们的父母一样。

13 毕业生

婚介大爷后来又给我介绍个姑娘，刚大学毕业，小我六岁，是个双学位的学霸。她的照片我看不清，背景是澳门大三巴牌坊，人脸因而有点儿远，所以我对她的长相没有任何概念就加了微信。浏览她朋友圈，尽是她各地旅游的照片，有两张还有意遮住了脸，感觉她应该不算好看。

当时她正在学校写论文，请教我该怎么写。我毕业多年，而且当时没毕业答辩那一环节，也帮不上她什么忙，只是给她找了些模板，结果她几天就写完了，不愧是学霸。

之后她要和同学出去玩几天再返京，我们一直保持联系。期间，她给我打了个语音电话，我当时还蛮紧张的，说话声音有点儿抖，不知道她听出来没有，不过她也没说什么，我想她是想听听我的声音。

一周后，她回到房山，马上报名学开车。她说她不想马上找工作，想多享受几天。然而她家里也不会让她多待，学完车还是得马上投简历。

我们抽空约出来见了面，一起吃了火锅，之后去看了场电影，出来她妈就来了电话，说是叫她马上回去有事，我们就各自回家了。

那时我辞了职，在家写新书，写完投给一个文学平台，不久被告知中稿，买断后在平台发表。这期间花费了近四个月，我一直以忙碌为由没再约她。她上班了，也在忙自己的事情，时间很快就过去了。

她和我讲过，她上学时候就有同学在追她，追了她两年多，她一直没答应，只因他是上海人，她不想离开北京，她得陪着她妈。当时我并不知道她是单亲家庭，父母在她中学时候离异了，她为此很受打击。

某天，她说出来吃个饭吧，我当时状态不太好，不想出门，就编个理由推脱了，结果这成了导火索，直接导致她答应了同学的多年追求。

但我们也没有决裂，依然保持联系。她后来也曾暗示过我，说喜欢的姑娘要去追，似乎有埋怨我没有努力追她的意思，但我就是这样，不喜欢苦追任何人，哪怕我特别喜欢她，我更喜欢双方努力，自然而然走到一起。当然，说这些已经没用了，她已经有了男朋友，也见了双方家长，似有结婚之意。我不想打扰她，我们因此有一段时间没再联系。

后来再次联系，是她想出来一起聊聊，说他们总是争吵，他总是对她莫名要求很多，她快要受不了了，想分手，和我说是想让我帮她分析一下。我听了他们的事情，觉得恋人就是那样的状态，如果真想分手，那分开好了。结果她说回去想一想，但他们很快又和好了。

过了一段时间，她又联系我，说她工作快受不了了，她总是很烦躁，觉得在公司一分钟都不想再待下去。我首先安抚她情绪，建议她回家先和母亲沟通一下，哪怕先休息几天也好。后来我才知道，她也有轻度的抑郁，只是我们的症状不一样，她不用吃药，也没特别影响正常生活，这事儿就慢慢过去了。

她确实比我想象的要坚强，要是我，早辞职了，但她还是坚持了下来，后来也没再和我诉苦。她说她也是没办法，果然人都是被逼出来的。这样也好，我希望她能好好的，别像我，脆弱得成了个废物。

后来她想减肥，约我出来跑步。但时间不方便，她下班天都黑了，我去她家附近的体育场也好几站地呢，车也没了，实在不方便，这事儿就这么过去了。后来她也没减肥，我们因此更少联系了。

2017年开春，我回老家隐居了，和她只在朋友圈偶尔联系一下。某天，看她发的状态，得知她换男友了，我不觉感慨万千。曾经，她说绝对不会找北京以外的男友，结果她和苦追了她三年的上海同学好了。曾经，她说这辈子只谈一段恋爱，好了就是要结婚的，结果两年后她也换了男友。所以说，女人的话不可信，尤其没经历过什么的小姑娘。

某天，我说我想把我们的故事写进短篇小说。她说好啊，写完一定给她看。我把我们的故事进行了艺术加工，写完给她看，她说不好，问我干吗要虚构，如实写多好。我说小说都得虚构，不然不精彩。再说了，我俩之间也没什么故事可写，不虚构连三百字也凑不出来。

当然，我并不会知道，某天我又写起我俩的故事时，一点儿不用虚构，竟然可以写这么多。

她有时会在朋友圈晒照片，我发现她特别上相，比本人好看太多了，她才是真正的"照骗"。我不知道她如果如照片那般好看，我会不会表现得更加积极点，但我深知自己有多自卑，哪怕自己身上有一点儿我不满意，我都会表现得唯唯诺诺。也许就像她说的，其实我没那么糟糕。谢谢她这句鼓励的话，但每个人都有自己无法逾越的心理障碍，我生来就是个自卑的人，恐怕这辈子也改不了。我知道我很糟糕，尤其作为一个顶天立地的汉子，我不希望自己是这样的，但我们总要学会和真实的自己相处。

都说人比人气死人，面对一个毕业生，我甚至连一丝一毫的优越感都没有，我的自卑彻底将我与爱情分隔开来。也许只有等到我成功的那天，或者我在某方面有突出成绩的时候，最不济，也得变成有钱人时，我才有勇气面对出现在我面前的爱情吧。

我以前会痛恨自己，但现在不会了，每个人都应学会坦然接受和面对自身的问题，我们都好好活着就是了。

14　骑行

　　发现了一个可以安静写作的地方，只是路途有点儿远，所以想买一辆破自行车。不仅是二手的，而且还得很破，目的是防止丢车。

　　我想要去写作的地方，需要骑行二十分钟，从路旁一个岔路上山，推着车走二十分钟，到达半山腰，车就上不去了，得锁在那里，因此怕丢车。那山上虽然没什么人，但常有山下村落里遛弯的人，人心叵测，你要放辆新车在那儿，就该有人打歪主意了。

　　破车就不一样了，放哪儿都不用担心，于是我去废品回收站淘了辆破车，没闸，没脚蹬子，车胎也得换，其他还过得去。我推着几乎是捡来的破车去修修补补。修车人问我这车是哪来的，修起来可不划算，他知道一辆八成新的车要出手，问我要不要。我毫不犹豫说不要，我就是为了搞一辆破车，越破越好，能骑就行，连捡破烂的都看不上才好。

　　就是这么一辆破车，我骑着它去山上，到半山腰一锁，很随意地丢在那里，继续徒步前行，到了目的地，拿出电脑，写半天小说，太阳下山前，我也下山，推着车一直到路边，骑着车再回家。

这是这破车的由来。后来不上山的时候，也骑着它在公路远行。尤其天好的时候，路上骑行总能碰见很多骑友，他们都是结伴而行，而我喜欢独行，自由自在。有一次我骑了两三个小时，准备到一处有山有水、风景宜人的地方休息，可到了那待不了半刻钟，焦虑犯了，启程返回，不想半路扎了车胎，这前不着村后不着店的地方，让我很是头疼。

有骑友路过，问我有没有带备胎。我讨厌"备胎"这个词，因而从不带那玩意儿。他们看了看我，小声嘀咕着什么，犹犹豫豫地走了。我推着车，找村子，进了村儿四处打听有修车的没。得到的答复是十公里以外有，没办法，我看一家菜站外停着一辆小货车，进去和他们商量，能否帮我把车拉到修车的地方。答复是，有钱就行。果然有钱好办事。

到了目的地，我还被修车的给坑了，我要山地轮胎，他非得给我弄个公路轮胎，结果前后车胎不一样。我当时一点儿脾气没有，而且犯愣，如果我坚持要山地轮胎，他能不给我换吗？他就是看我好说话，就把滞销的公路轮胎卖给我。事后我想起这件事，觉得自己特别傻。

有趣的是，某天出去骑行，车胎又扎了，刚好路边有个修车的，终于把那条不和谐的公路轮胎给换了，换完感觉心情都变好了。我果然是这样，太好说话，总是吃亏，要不是傻人有傻福，我可怎么活？

可世上就是有好多像我这样的人啊，老实巴交，好说话，好欺负，他们也有类似的烦恼，事后想来都觉得自己好傻，要不是总能碰见好人好事，自己非得气死不可。

我以前也不恨自己，只是觉得悲伤，偶尔会情绪失落，但很快就过去了。后来脾气见长，再遇到这种事儿会发火，情况略有好转，果然大多数人都是欺软怕硬，而且外强中干，你略一反抗，对方立马就怂了。从此我的脾气就被培养起来了。

然而那根本改变不了我性格上的缺陷，心情好的时候还是很好说话，虽说这样的人好交往，但总会或多或少地吃亏。人都不会自觉，得便宜就占，你得时刻绷着根弦，累，慢慢我就懒得交际了。

有那工夫，我不如出去骑车，把家附近能去的地方都转遍了，一路欣赏沿途的风景。有个地方靠近公园，那里很宽阔，人却很少，我常找个僻静的地方发呆。有时抽支烟舒缓疲劳，有时就四处随便转转。

那地方有个军事驻地，运气好的话能看见他们练车，有坦克和装甲运输车，他们就在一条废弃的河道里一圈又一圈地跑，尘土飞扬，场面壮观，常有人驻足观看。然而看多了也就没意思了，我得继续寻找新的目的地。

骑行途中，我常路过一座大桥，有三公里长，一路下坡，我喜欢那种冲刺的感觉，时速四五十迈，感觉像是在飞。之后路过一片在建的工业园区，路很宽阔，而且少人，可以慢悠悠骑上很久，感觉很是惬意。

我喜欢累得浑身乏力的时候喝一瓶冰可乐，本来我是不能喝冰的，但大量出汗以后可以，喝了过瘾，顶多一路多放几个屁。

有段时间，我在家里待不住，早饭后就会骑车出去，赶在午饭前回来。下午会在屋里追剧，困了就睡上一觉。因为骑行很累，所以睡得很香。

这是我运动的目的之一，保持每天健康排汗，一身疲倦，保证高质量睡眠。另外，运动可以缓解抑郁，我虽然很好地控制了病情，但是长期压抑也会情绪不稳定，只有大量运动后，才会恢复好心情。

现代都市人整天坐在电脑前，缺乏运动，身体机能慢慢出现异常，有些明显，比如颈椎病；有些不显现，也不会引起当事人的重视，慢慢就转为慢性病了，比如肠胃病。我就是深刻感受到这种办公室的毒害，才有了归隐之心，想把生活节奏慢下来，去细致深刻地体味生活，做点儿自己喜欢的事情，让我自己觉得这辈子没有白活。

当然，凡事总是因人而异，如果大家都像我一样缺乏斗志，社会肯定会停滞不前，我不希望发生这样的事情。我希望社会可以良性发展，让每个人可以发挥自己的所长，去回报社会。科学家喜欢钻研新事物，教师要教书育人，工人在生产社会所需品，农民种地来养活全国人民，艺术家创造精神食粮丰富人们的精神生活……所谓物尽其用，让每个人都在合适的位置做正确的事情，社会才会和谐发展。

骑行可以让我有时间思考，我的思考变为文字，被读者看到，或感同身受，或有所启发，或茅塞顿开，这些就是我写作的目的，也是我思考的目的。而骑行只是我获得思考的一种途径，这些都是因人而异，各取所需的过程。

15　戒烟

回忆吸烟这件事，在我没上学时候，因为和大孩子一起玩，偷偷尝试过，觉得呛嗓子，对它一点儿不迷恋。

上小学后，经常见人抽烟，出于小孩子爱模仿的天性，偶尔抽过几口，记得当时是一毛钱一根。在农村的孩子本来就没什么零花钱，偶尔到手几毛钱，在买烟还是买辣片之间犹豫，十有八九会选择吃辣片。只有和伙伴一起，为了凑热闹，才会买一根，也不会抽，瞎嘬，吸了就吐，跟漱口似的，实在糟践钱。

正式学抽烟是到了大学时候，男生宿舍一般都抽烟。有的是烟龄有几年了，戒不了。我是好奇，或是耍酷，就跟着抽起来。第一口特别呛，后经人指点，说抽烟就跟呼吸似的，我就学会了。抽了几根以后，慢慢适应了，就不觉得呛了。学会以后，抽烟挺勤的，浑身都是烟味，一帮大老粗，也不在乎。

宿舍有谁恋爱了，女朋友不喜欢烟味，让他戒烟。他是当着女朋友的面不抽，改偷偷抽了，像个贼一样。抽烟也变得见不得人了。

毕业后，我抽得更凶了，没事就一根接一根地抽。

但我有个臭毛病，喜欢一个人的时候独自抽，觉得那样才有味道，可能抽的是寂寞吧。所以我一般都是下班后在家抽，一边玩电脑，一边一根接一根地抽，有时一晚上就一包。

抽烟最大的感触就是口鼻特别干，后来我就得慢性鼻咽炎了。

我抽了大概有十年左右的烟，烟龄算不短了，期间还戒过很多次。有时和朋友一起说戒烟，抽完这盒再也不抽了，为了有仪式感，都会留最后两根，我俩一人一根，起誓戒烟，折断，以示决心。然而一般没有什么用，过不了几天又想抽，断断续续就这么过来了。

有段时间，我和女朋友住一起，我说我不会当你面抽烟。她惊讶，说你不当着我面当谁面抽。我说我喜欢没人的时候独自抽。她撇撇嘴，说我这是什么臭毛病。我觉得这算是一种怪癖吧，有人在旁边就觉得吸之无味。而且最好在屋里抽，或者有限的空间里，太空旷的地方也抽不出味道来。

后来我辞职在家写书，兜里钱紧，抽得少了，但也没能戒掉。后来抑郁犯了，我爸怕我闷得慌，让我少抽点儿，常给我买两条。我一天最少还得抽多半包。

我为什么戒烟，确实是因为威胁到健康了。我有胃溃疡，慢性胃炎，一年有那么几次，老想吐，去医院做胃镜，没大问题，但抽烟对胃不好，医生建议我少抽。但我还是戒了，我怕哪天想戒都来不及了。

你要问我戒烟什么感觉，痛苦吗，我就得说句实话了，抽烟确实上瘾。戒烟头几天，会有种忙乱的感觉，有点儿焦虑，不抽烟就浑身不自在，心烦。因为抽烟的人有个通病，感觉某种节奏一被打断，立马就想抽烟。比如吃饭是个连贯的事情，吃完饭这个"连贯"就被中断了，必须得抽根烟过渡一下。

虽然戒烟很痛苦，但比起抽烟的危害，这烟还是得戒，长痛不如短痛。戒烟没有固定的方法，因人而异，可以自己摸索。比如我，会尽量充实每天的生活，太闲了可以吃点儿零食，咀嚼口香糖，和家人在一起、和朋友一起聊天，总之让自己置身于一个不方便抽烟的环境，一遍遍提醒自己，这会儿还是不抽了，那会儿还是不抽了，慢慢地，当你习惯了可以不抽烟这件事以后，基本上算是走出了第一步。下一步，你就需要靠毅力坚持下去。总是提醒自己不抽烟了，慢慢你也就失去了兴趣，等半年以后，你自己就把吸烟这件事给抛诸脑后，即便看见别人吸烟，自己也不馋了，恭喜你，戒烟成功。

我一直觉得，抽烟就跟小孩儿喜欢吃糖是一样的，在某个阶段，你会因为环境影响、自身好奇的天性，难免去接触这种东西，但过了这段时间，当你意识到吸烟有害健康时，你就该明白哪些是对自己构成威胁的事情，应该尽量避免。从理智上来说，你该意识到，我长大了，不能再吃糖了，吃多了就该得糖尿病了。

戒烟也是同样的道理。它一定源于你自身的意愿，别人劝是不顶用的。这就好比，你怎么知道不能吃屎，因为臭。同样的，为什么要戒烟，因为吸烟有害健康。

我知道，对于烟龄很长的人，戒烟是件痛苦的事情，但身体是自己的，你在做有害自己身体的事情，最后后悔的还是你自己，你得意识到这件事情的严重性。

抽烟和吃饭不一样。人是铁饭是钢，一顿不吃饿得慌。抽烟呢，是个不良嗜好，该结束就得尽早结束。

前段时间看新闻，说医院能帮人戒烟，而且效果不错，没什么痛苦。这事我信，但我敢肯定，绝对有人不顶用。要想戒烟，都得出于自愿，你说谁还能拿枪顶着你脑门儿让你戒烟？醒醒吧！身体是自己的，自己不爱惜，你等着谁爱惜你？

戒烟两年后，某天我叔给了我一包好烟，我得空吸了一口，觉得什么感觉都没有，就丢在一边，再没碰过。我甚至怀疑，当初我为什么会对这种东西上瘾，有那钱我还不如吃几顿好的。

有朋友说，你人生一点儿爱好没有，活着还有啥意思？我想说，爱好那么多，我干吗选择一种伤害自己的方式呢，难道你让我吃屎，我真的会吃吗？

戒烟其实没你想的那么难，就好比高考，努力那么一阵子，最后换来的是你余生的大好前途。

最后奉劝大家一句，尽早戒烟，找点儿更有意义的事情去做吧！

第三辑　慢下来去看看这世界

　　这世界很小，小到我们兜兜转转又回到原点，顿悟，一切都是最好的安排。不放弃，不屈不挠，勇往直前。

01 领养

我领养了一只狗，是在机缘巧合之下偶然发生的。

当时刚回山里老家，小院十几年没经营，变得一片废墟景象。既然要住，就得大张旗鼓地好好修缮，于是拆了院墙。院里还想盖间平房，为方便运料，一时半刻无法重新砌墙，因此门户大开。而我又特别想养一条狗，和父母提起，赶鸭子上架一拍即合，我开始在网上找狗。

最开始想养金毛，功夫不负有心人，找到一个因为工作调动原因要送狗的，是只母金毛，从照片来看很漂亮，当时我很激动，马上联系了狗主人。不过得知金毛有皮肤病后，我果断拒绝了，怕后续一系列的麻烦事。我这人最怕麻烦了，怎么省事怎么来吧。

后来也遇到一些送哈士奇、阿拉斯加、黑贝、拉布拉多等名犬的主人，结果都因为种种原因没能达成一致，最终放弃。

刚好，我在网上发的帖子有了回复，主人在河北，自己养着三条名犬，要送出的这只小土狗虽不是名犬，但很好看，也很可爱，是她在公司楼下捡的母犬，做了绝育，问我介意这件事吗。我当时想，土狗好养，撒开了让它跑也丢不了，也是个不错的伙伴，就此领养了。

　　她在那边找了辆专跑北京的出租车，长途跋涉三个小时到了朝阳，又打了辆网约车，一个多小时送到房山，接上它，我们又开了一个多小时才到山里。折腾了多半天，总算到家了。它刚做过绝育手术，剃了毛，看上去瘦巴巴的，眼里透着慌张，一副可怜兮兮的样子。

　　我给了它水和饼干，它拒绝进食，像是吓坏了。为了尽快安抚它情绪，我又给它弄了点儿奶喝，用炖肉的汤给它泡了馒头，它总算进食了。当晚，它就被拴在破败的院门口，正式担当起了看家护院的工作。

　　直到第二天，我才发现它老是间歇性哆嗦，以为它身体不舒服，问了狗主人，说是它一直这样，胃口不好，而且看上去郁郁寡欢。我想到了它被人抛弃的苦难经历，也想起了我那条几经转手最终跑丢了的金毛，觉得要弥补曾经的过错，好好待它。

　　后来它趁我出门挣脱了狗链，我妈也逮不住它，就放任不管了。本以为它会跑掉，结果并没有，短短两天，它就把这里当成了家，出去跑也知道自己回来。刚开始，我妈老说它怕人，见人进院子也不叫。但慢慢地，它有了领地的意识，才正式担起看家护院的职责。

　　我爸妈都特别喜欢它，总喂它好吃的，很快它就壮实起来。毛发长出来，样子更加可爱，每次我爸出门它都跟着，村里人都夸它长得好看。它确实挺招人喜欢，小姑娘见到它都要逗趣几下，喂它好吃的，它就追着人家要，人家会说"没有啦，别跟着啦"。

它平时自己不上远处，就在家附近瞎转悠，有时和它的狗友追逐打闹，跑进别家菜地，把人家刚出芽的嫩菜都给糟践了，就会听见人家骂它坑人。有一次，我看见它把人家地里种的葱都给啃了，它也不真吃，就把每棵葱的尖给咬了，搞破坏的架势一点儿不输二哈，人家在那儿骂骂咧咧地轰走它，我转头忍着笑，装作没看见。

我家门前有个低矮的墙头，下面是菜地，它常趴到墙头上面望风景，感觉十分惬意。有一次，我看它照常在墙头上趴着舔毛，一个不小心就滚落下一米多高的墙头，我追过去看，它一副若无其事的样子在菜地里打了个滚，伸伸懒腰，大摇大摆走出菜地，让我想起了鲁迅先生笔下描写的阿Q，逗得我哈哈笑。

它喜欢跟着人出去颠儿。我常带它去爬山。有次走错路了，在山间转悠了好几个小时才找到回家的路，它一直跟在我后面，很明显从最开始的兴奋，蹦蹦跳跳的样子，变成一副被我拖累，彻底累成狗，每一步都迈地艰难的样子，又一次逗我笑了半天！

我以为它该长记性了，下次打死不跟我出去吧，结果压根没这事，它照样开开心心追着我跑。我们常一起去爬村里的纱帽山，沿着景观步道上行，它总是不知疲倦地跑得飞快，我常常跟不上它，而且累得气喘吁吁。要不是它在前面指引，恐怕我坚持不到山顶，每次一鼓作气爬到顶上，我都已是汗流浃背。我找地方坐下休息，它吐着大舌头在我周身转悠。

我一直想不明白，虽然自古就有"狗改不了吃屎"的说法，但当我第一次见到它吃屎的时候，我还是震惊了。虽然我每次都会竭力阻止它这种不良行为，但架不住它一厢情愿，总有机会去吃几口，慢慢我也就拿它没办法了。

它给我家人带来了很多欢乐。我爸妈都喜欢它，它很黏人，我爸常逗它玩儿，有骨头吃一定从哪里带回来给它，对它可谓念念不忘。

它今年有三四岁了，想来狗的一生也就短暂的十年，每次我在网络上看到那些花样虐待狗的行为，我都万分不理解。它们对人是那般忠诚，从不嫌弃你怎样，逗你开心，给人带去很多欢乐，而且毛茸茸的，天生就很可爱，我们应该好好待它们才对啊。

很庆幸，我身边都是一些爱狗人士，也有一些救助流浪狗的志愿者，他们会给母狗做绝育，给它们找到爱心领养者，倡导"领养代替购买"，让那些狗贩子少一些败德，让这社会更加和谐友爱。

曾经，我也间接抛弃了一只狗，为此悔恨不已。想来，我当时也是冲动购买，但条件又不允许，最后不得不半途而废，这样很是对不起忠诚的狗子们。像我一样的人还有很多，我呼吁大家不要冲动养狗，如果你给不了它一生的陪伴，最好不要入手。我知道做到这样很不容易，毕竟现在狗贩子很多，购买很容易，但还是希望我们能对狗子们多一些爱心，少一些伤害。

02 隐居

2017年4月底，我正式开始"隐居"。虽然距市区只是七十多公里的距离，但却是从山区真正进入了深山。

一路蜿蜒崎岖，山路虽不险峻，但狭窄多急弯。以前山里的小煤窑没有关闭的时候，每次途经此地，至少都要堵上多半天。这里的山路一面环山，大雨天十分危险，有发生山体滑坡的风险。冬天一下雪，必然要封山，出行十分不便。

然而就是这样的地方，才可以勉强称得上半隐居，因为至少这里通车，也有地方购买些日常所需。关于"隐居"这件事我是从2016年开始关注的，当时我重新回归职场，很多圈内的事情我都孤陋寡闻，还是从同事那里听到这个词，才开始关注这方面的事情，然后看到了有关郑钧在终南山隐居的新闻，慢慢对这件事感兴趣起来。

后来在公众号上看到一篇讲终南山隐居的荐书文章，通过作者公布的一些图片，看到他们真的住在山上简陋的房子里，人烟稀少，甚至可以说人迹罕至，不通车，日常所需要自给自足，觉得那才叫真正的隐居。

我自知是没有那份勇气的，我所谓的隐居和那些比起来像是小打小闹，只是尽量减少社交，顶多就是出门拿快递碰见邻居打声招呼这样，平时几乎不出院子，想溜达溜达就从房后上山了，一路见不到人，有人也不认识，要么是外面承包活的人，要么有乡村旅游的，也懒得开口，低头就过去了。

即便是这样的半隐居生活，一般人也耐不住寂寞。我的社交活动基本都在网络上，因此认识很多新网友，以及还有联系的老朋友，他们都说，你每天是怎么过的，要是他们，待三天就得抑郁了。当然，那只是一种耐不住寂寞的形容，更何况我本身就抑郁多年，孤独对我来说更是常态，我很是享受每天独处的时间。

隐居以后，剩下最多的就是时间了。每天早睡早起，一日三餐，其他时间可以看书、爬山、遛狗、追剧、发呆，无聊了就写写东西。我尽量让每天过得不太一样，虽然所谓的不一样也只是这几种情况的任意组合，但对我来说，作为枯燥生活的调剂也是足够了。

当然，生活总有惊喜，无法每天都千篇一律，总有突然的事情要去解决。它们像是一个个节点，无形中打乱你生活的节奏，给日常的生活增添一些律动。那些生活中最最普通的事情，或许只是别人的不经意，于我，大概也会在平静的水面激起波澜。这也算是一种生活的触感吧，我比较喜欢平淡生活里的不期而遇。

之所以要隐居，就是想和过去忙碌的生活说再见。以前朝九晚六上班，路上要花费三四个小时，就变成了早出晚归，只有周末时间是自己的，总感觉时间像是长了脚的毛贼，跑得飞快，那样的日子太不禁过了。我讨厌浑浑噩噩地活，很想把时间过成自己的，做点儿自己喜欢的事情，哪怕最后换不来任何，我也心甘情愿。

另外，我隐居也有身体原因，大毛病倒是没有，只是得了不愿社交的焦虑症，在办公室里坐着，有种生不如死的感觉。我看那些同事都能安安静静坐一天，羡慕的同时，我不得不承认自己做不到，而且那颗浮躁的心越发地失控，我如快要脱轨的列车，要翻车了，要酿成惨剧了！我不能让这样的事情发生，我需要静一静，慢慢找回迷失的自我，哪怕最后碌碌无为，也在所不惜。

当然，隐居是有私心的，我想安静地写作。如果不是为了写作，我大概也不会做出这么疯狂的事情。如果没有写作，我也不知道自己能不能适应无所事事的生活，恐怕也会生病，会有情绪的起伏，最后疯掉也说不定。幸好有写作陪伴我，让我在无聊的时候可以拿来消遣。

这真的是一大转变。2015年我为什么生病？还不是因为写作急于求成，迫于生活的压力，最后伤到了神经。然而现在不一样了，我在隐居，我没有所谓的压力，每天都在"混日子"，只有无聊了才随便写写，至于结果，我一点儿都不在乎。

这大概是我梦寐以求的生活。我从小就特别孤僻，最发怵的事情就是社交。我不懂得如何结交新朋友，不懂得如何经营各种复杂的关系。我的社交水平一直停留在幼儿阶段，喜欢就来往，看不惯就拉倒，从不因为利益而勉强。

以前我总被人欺负，后来尝到了反抗的甜头，就习惯了反抗。隐居就是我在和平庸的命运反抗。我渴望可以慢慢磨出好的作品，渴望自己的作品成为大家茶余饭后的谈资。虽然那有些困难，但在我隐居之后，那些都变成了免费的午餐，有没有顺其自然就好，我也只是摆出一个反抗的姿态而已。

而且隐居之后，我变得比以前开心了，我常常睡前会莫名大笑。以前遇到堵心的事情会看不开，情绪失控，常常想找碴儿，后来我知道那叫双向情感障碍。现在我很快就能疏解自己的负能量，想想每天平淡如水的生活，我还有什么好伤心的呢？

我只是按照自己喜欢的方式在生活，是否该隐居，自然是因人而异。就像，我虽然信佛，但不会每天吃斋念佛，更不会去寺庙皈依。有的人喜欢待在人群中，觉得那样才感觉自己活着，我觉得也挺好。有的人就喜欢干体力活，觉得大汗淋漓十分痛快，那也是一种生活。总之，人生百态，每个人都有适宜自己的方式，那就是我们一直追求的，所谓喜欢的生活吧。

03 修葺小院

离开这里十几年，虽然有奶奶暂住，但一切景象都是破败陈旧的。小打小闹是解决不了问题的，既然要动就要翻天覆地大干一下。

这是父母的决定，我只是个打下手的，对此没有异议。于是请奶奶搬到叔叔家，怕动工时乱七八糟碰到她，那可就不是小事了。

原先的东屋没拆彻底，留着东、南墙作为院墙。地基留着呢，地基上面堆着砌墙的石头，石头下面掺杂着土。我们得把地基清出来，石头码好，方便盖房的工人施工。

原先院里是土路，我们想铺上石板。地基上清出的土垫了院子，院子得重新找平。这些活看起来不多，真要自己干也够喝一壶的。但火车跑得快，全靠车头带，有我爸拉着我们前进，什么活都不在话下！

院门边有棵核桃树，我们给放倒了，油锯切成半米一段，移到院外，等着冬天劈柴烧。

院门也得重新弄。原来是推拉门，我们给改成了双扇门的样式。院墙也歪了矮了，就此推倒重新砌。为了让砖头能再次使用，我们一块块起，再一块块刮干净，码好备用。

　　西面原来有个低矮的破棚子，年头太长了，为了安全以及方便使用，我们给拆了重新盖了一个。旁边邻居我们共用一堵隔离墙，墙体斑驳，不承重，安全起见，我们这边给抹了一层水泥加固。地面铺上碎石头，水泥打面。北面砌墙。南面与院墙共用。顶是彩钢板。门面是我爸的木工活，用废料拼凑而成。

　　以上这些活都是我和爸妈三个人起早贪黑，日复一日，慢慢磨出来的。重活我承担，技术活是我爸干，我妈打下手，外加做饭。前前后后干了半年多，干到最后我都有点儿发怵，我妈也打退堂鼓了，就我爸一人从始至终干劲十足，是我爸拉着我和我妈一点点往前走，最后总算初见成效，至少可以安心住下，其他活就能慢慢干了。

　　我妈笑说，功夫不负有心人。我爸任劳任怨，当然能让小院焕然一新，的确是我爸的功劳最大，这无可厚非，自然给了我爸沾沾自喜的机会。我呢，一直在憧憬，也一直在享受，修葺好小院已经是眼跟儿前的事情了，匆匆一年过去了，还真是感慨良多。我爸是我家的精神支柱，他一直在说，活就怕干。看着曾经是怎样的破败，现在历经两百多天从早到晚的不辞辛劳，总算尝到了胜利的喜悦，也算是苦尽甘来吧。

　　院里铺石板是工夫活，下面铺一层沙子，防止石板踩坏，有缓冲的作用。一边铺，一边找平。沙子上泼上水泥浆，把一块块石板拼接好，这活算是完了。不过也干了得有一周左右时间。

东面的小平房是包工队承包的小活，拖拖拉拉干了半年多，当年入冬我就住上了，只是有点儿潮湿，那年冬天因此格外冷。

第二年开春，我们又开始修缮上房三间半。塑料条的顶棚拆了，换装吊顶，墙面粉刷一新，铺地暖，换新地板砖，完善用电走线，粉刷门窗。在厨房屋隔出半间改卫生间，安装马桶，铺水管线，铺地砖，贴墙砖，安装热水器、浴霸。这里不是全天有水，得在高处安装大水桶，用自身压力供给各处用水。房后的厕所也重新修缮了。

东屋和厨房之间的空隙盖了火炉房，里面的煤火炉子烧地暖。我爸改装了水管线，让我们冬天可以用上地暖循环水。一年后，这里开始煤改电工程，重新架设了电线，只差安装电锅炉。以后就可以用电过冬了，我们也算为保护大气环境贡献了一份力。

从4月底回来，我们一直干活到第二年5月。除了东房我们盖不了，其他大大小小的杂活都是我们自己干的。虽然每天大汗淋漓浑身酸痛，我也因此有过退缩，但在我爸的精神引领下，我坚持到了最后。

回顾三十年往昔，除了写作这件事是我坚持了十几年的，其他都经常半途而废。以前工作，每年都要跳槽很多次，最长的一份工作干了一年零四个月。我一直处在一种浮躁的状态里。但是通过这件事，我在父母身上学到了很多，让我知道坚持下去就会有收获；让我知道没有干不成的事情，只有自己临阵逃脱一无所获的结果；让我知道什么是家庭的顶梁柱，作为一个男人，要如何担当……

生活中的每件事都是最好的安排，无论好与坏，咬牙坚持过去，挺到最后，就会收获满满。如果说离开职场是我被迫为之，那隐居山林却是我自愿如此的，无论以后要面对怎样清静寡淡的生活，我都要每天开开心心地过，要充实地活。我要规律作息，坚持运动，按时写作。丰富生活的同时，最重要的就是开心。

虽然我的性格从小就十分孤僻，这为我后来的抑郁埋下了定时炸弹，生活暂时的不如意点燃了这颗炸弹，让我曾经彷徨无助，束手无策，近乎绝望。但是经过这一年的劳苦付出，我应该受益匪浅，至少更懂得生活，也找到了适合自己的生活方式，要快乐，要自信，要感恩，有朝一日，写有所成，要回报社会，做个顶天立地的人。

其实每个人的一生都不可能一帆风顺，遇到过不去的坎，就要不时地停下脚步，对自己的心灵进行一次修缮，无论是彻底的，还是边边角角的小打小闹，最后都会帮你重新找到人生的航向，无论曾经怎样，都会再次扬帆起航，去追逐，去拼搏，去过你理想中的生活。

这是每个人都受用的，是每个人都可以尝试去改变的。在你遇到任何困难，让你痛苦难耐的时候，请记住，人挪活树挪死，活人不能故步自封，要稳中求变，变中求胜。

04 土建

东屋的平房是找土建盖的。

一来活少，专业的建筑队不接。二来土建便宜，这是关键。

东、南墙原先有半截，再起几层就够了，只需北面墙砌一下，前脸起半截砖，还有半截是塑钢窗户，唯一的重活就是打顶子。

他们六七个人，一个头儿，一个大工，其他都是小工。砌石头墙和砖墙不太一样，你得有灵性才能砌好，不然看起来就会缺乏层次感，只是一块一块码起来，看着不协调。

土建就是什么都敢上手，只是技术差点儿，但也得差不多啊。可惜差得很多，连我爸一个外行人都看出来了，他们砌墙不挂线，比专业的差很多，最后砌得并不如意，我爸和头儿反应，头儿就开骂了，吵嚷着要拆了重新砌。被骂得脸上挂不住，说拆就拆，拆了就不干了。这人和头儿还是亲戚，他们必然是在演戏，一个唱白脸一个唱黑脸。我们都懂，闹一下就可以了，拆了再来也好不到哪儿去，这就是土建的水平，差不多就过去了。

墙砌了几天，架好四根横梁，他们就好几天没再来。一定是去别处抢活了。这几个村儿有好几伙土建，为了抢生意，他们都是跑马占地，这干几下，那干几下，好尽可能拿下更多活。

我爸催了他们好几次，过几天他们拉着搅拌机来了，开始打顶子。为了偷工减料，他们拉了一车细钢过来，我爸一看就知道不对，就和他们骂了几句。他们自然没理，灰头土脸又拉走了。

邻居过来看看，说是他们还想让他也入伙一起干，他们干活太坑人，他就没去。前两年，他们一伙二三十人，确实有几个活儿好的，因为头儿太坑人，总是被扣钱，慢慢就都走了。剩下的都是一帮没本事的，一年开一次钱，还被压着一部分，到手的也就够勉强混日子。

有个干活儿不咋地的，是头儿的亲戚，就他月月拿钱，每次午休吃饭，就他碗里有肉，其他人都是馒头咸菜。这就是生活。如果换作我，早就拍屁股走人了，恐怕我们这一代人也没几个干的了，也就是父母那一辈儿，从苦日子里熬过来的，才愿意干这种苦力活，一年到头累个半死，也就勉强混日子。

土建里有个负责和泥的，他不干别的，就干这一件事，挺机灵一人，就是命不太好。他家里兄弟三个，父母都是残疾人，老大也在土建，是个大工，他是老二，取了个傻媳妇，什么都干不了，还每天到处瞎跑，他干了一天活，回去还得自己做饭，还得找他媳妇。

我听他的故事有点儿替他难受，但我知道这就是现实生活。有多少人过着艰难的日子，为了生存，他们什么都得受着。肯定不像我，不高兴就辞职，因为我有家这个后盾，我也算衣食无忧。这是一种堕落的体现，也是现实的一面。我们无法说这个那个怎样，大家就是命运不同，好像一切都是注定的。当然，消极的心态不可取，我们活着就是要不断和命运抗争，只是结果我们要看开，有些事儿就是勉强不来。

平房打了顶子，得过一个月才能再动工。这期间他们又去别处干活儿了。在我家干活儿的时候，他的电话就不断有人催活儿，谁家盖房都着急，只有施工的他们不急，反正是混日子，工程款拿到多少是多少，他们也没底气拿到全款，反正头儿不会损失什么，钱拿不到，干活儿的就会被扣钱，这是一个恶性循环。

抹墙的时候，他们又偷工减料，被我们突然袭击抓了个正着。水泥是过期的，沙子不是水沙，里面还掺杂了不明所以的黏合剂，这样的东西看着不错，可房子质量存疑，用不了多久墙皮就脱落了，这房子自然住得不安生。

我爸又跟他们翻脸了，他们继续演戏。沉寂了两天，他们过来把抹了的墙都给恢复原样，废料他们又给拉走了，我们猜测是准备用到别家去，免得浪费。当然那些我们管不着，但我们自己的房发现他们偷工减料就得说出来，就算闹得不愉快也要这么干。

这和我以前的工作很像。以前我们那家旅游规划公司就是到处坑蒙拐骗，甲方又不傻，自然一顿骂骂咧咧，我们就得低三下四地去要钱。甲方多不是他们，损失的不是他们的钱，他们其实也能从中获利，自然不会认真计较，做做样子，该给的钱他们还会给，毕竟规划方案通过他们才能从他们的甲方拿到拨款。这也是恶性循环。

　　社会就是这样，适者生存。干土建的有干土建的活法，房地产大佬有他们的活法。人生百态，每个人都有他的生存之道。无论你看到或听到了哪些不公平，哪怕你因此过得不如意，人总是要活，就得看开，看淡，好好活，开心地活，和自己过不去，吃亏的自然只有自己。

05 树洞

经朋友介绍，我下载了一款APP玩，里面可以发状态，所有陌生人可见可互动，一时成了很多人发牢骚倒苦水的"干净"之地，俗称树洞。

刚开始玩觉得挺有趣，可以看到很多有趣的事儿，也有很多有才华的人小试牛刀，也有一些很污的问题引发大讨论，总之什么牛鬼蛇神都能碰见，欢乐简直不要太多。

很多人在这里找对象，很多在这里脱单的人也会尽情撒狗粮。我抱着试一试的姿态也会在上面无病呻吟，听说我在隐居，都会问在哪里隐居，言外之意，隐居可以，得有钱，没钱谈什么恋爱。现在的小姐姐都赤裸裸地爱钱，一切的前提都是有钱，不然免谈。

后来我改变了心态，以搜集素材的想法继续在这里闲逛，也遇到一些很有故事的人。她们中有抑郁的大学生，长得很美，隐晦地诉苦抑郁的折磨，但又不愿细谈，和我当初一样，好像对生活失去希望，封闭自己，不愿沟通，觉得那样解决不了任何问题，沮丧失落。我曾试图开导她，但依然无法令她敞开心扉，最后只能祝福她了。

也遇到了刚离婚的小姑娘，明明比我小，孩子却都能打酱油了。她倒是愿意有人倾听她的故事，说他们是同学，当时年轻不懂事，认为有情饮水饱，结果却败在柴米油盐上，再婚的唯一前提是他得有一百万存款，不然免谈。她长得一般，我觉得这个要求有点儿难，不想一周后她就脱单了，在那里晒出了他们的合照，就此祝福他们。

也遇到过不错的姑娘，聊得也比较好，但因为她有个弟弟，得给她弟留下点儿钱，所以彩礼必须有。而我又是十分抵触这种东西的，可能还是因为我没钱，按照她们的想法，要是真爱给点儿彩礼算什么。如果在过去，我觉得那时候的婚姻可信赖，如今的婚姻就像儿戏，没有人拿它当回事，我不敢付出太多，怕最后付诸东流，就此结束了谈话。

当然也会遇到骗子，她们看上去很普通，感觉应该值得信赖，可是聊到差不多以后，她们就会主动表白。现在很多男生都喜欢适度主动的女生，觉得这样比较省事，追女生还要揣摩她们的心思，最后无法避免被玩弄，受伤的心灵再难复原，这也是当下年轻人恋爱的悲哀。如果你答应了她，她会要求你给手机充值，感觉目的不纯，像是前面有一个个陷阱等着你，我果断断了联系。

我朋友说，你别在网上瞎找了，一点儿都不靠谱，不如在本地找个年龄相当的，赶紧结婚生子，踏踏实实过日子吧。我倒是想啊，可是爱情可遇不可求，不是你想有就能有的。

后来我遇到个奇怪的女生，她喜欢和我打情骂俏，她说这样聊天才有意思，说我太严肃太正经，她实在不知道这天儿怎么往下聊。我想我也豁出去了，就放荡一次怎么了，开始和她暧昧起来。慢慢地，她就有意勾引我出来见面，让我请她看电影，说之后我们就可以开房。刚巧那段时间有条"恶意传播艾滋报复社会"的新闻上了热搜，我仔细琢磨，觉得其中有诈，果断卸载了这个软件。过了没多久，等我再想逛逛时，已经无法再登录，我问朋友，说是下架整改呢。果然是发生了一些问题，阿弥陀佛，我真幸运。

现在想来，那个软件如果没有那些恶意行为，其实是个很不错的娱乐工具，可以看到各种人千奇百怪的日常，也可以通过简单的图文了解外面的世界。网络社交确实存在诸多风险，但就像你行走社会，难免遇到恶意一样，总不能因为风险就放弃社交。

我是很不习惯面对面社交的死宅，网络社交是我社交生活的全部。我在网上认识新朋友，和她们聊天，听她们的故事，积累写作素材的同时，还能保持思维活跃，避免自己大脑功能退化，也就是别成为傻子。现在网络如此发达，网络确实可以解决日常的各种需求，购物娱乐沟通开阔眼界，你无法规避它的存在，它的好与坏必然会共生发展，就需要置身其中的我们自己去明辨是非，谨慎应用了。

后来我也发现了类似的APP，可惜上面都是展示个人才华，或是炫耀美好事物的人，有点儿高高在上，不是很贴近生活，觉得和自己八竿子打不着，所以玩了几下就不玩了。然后开始怀念曾经的树洞，觉得那里藏着无穷的乐趣。想要重新登录却不能，也算是一种人生常态吧。

由此我体会到，只有那些贴近人们日常生活，展现日常风貌的作品，才能引起人们的共鸣。同时，只有那些美好的、积极向上的事物才能吸引别人注意，毕竟大多数人都是憧憬未来的，没有人愿意自甘堕落。对于我来说，我要写积极的人生故事，要让读者看懂我的故事，这才是创作者的初衷。最好的作品，也要像树洞一样，让读者可以窥见笔下人物的倾诉，我想这样的作品才会更有生命力吧。像是我在那里遇到的形形色色的人，人生百态，我要去描绘千百种人生，而不是千篇一律，故步自封，这是我以后写作需要提升的地方。

我因此时常陷入这样的迷惘：究竟我要写怎样的故事？我的未来要怎样？我只是不甘于眼前的平凡，想让日子过得自由自在。然而在树洞看到的别人的人生，才发现其实每个人都是在这样的疑问中曲折前行的，没有人例外。也许，平淡才是生活本来的样子，大家都是世俗的眼光也没错，我大可以去和在一起舒服的人交往，而不必理会他们的世俗。

我想我的未来一定和大家一样，我会和爱人厮守一生，也会有儿女陪伴左右，最后入土为安，走完这平凡的一生。哪怕某天我成了名人，哪怕我的作品得到认可，再去回忆过往，也像是树洞里的倾诉一样，就是那样的平凡而已。

06　文艺女生

在树洞，我认识了个女孩，十九岁，刚上大一，是个音乐艺术生。她想和我请教写作的事情，因为她也有这方面的爱好，尤其喜欢散文。她每天晚上都会看书、练琴，她说要给我听她练琴。她唱歌也不错，我在唱歌平台听过她的歌声，很稚嫩的声音，和花粥有点儿像。

某天她和她妈一起去旅行，她会时不时给我发一些路上的见闻，是个民俗古村落，原来她也喜欢幽静的环境。她说她不喜欢笑，连她妈都难得见她笑一回，我就以为她是个冷美人，要她照片看，她不愿意给，说她讨厌照相。那大概就是不上相吧，如果照片很美，自然乐意给别人展示，享受被人夸奖。

不管怎样，我开始想念她，对她的一切都十分感兴趣起来。我知道这很大原因是她和我的理想型不谋而合。我喜欢文艺女生，她会弹钢琴，爱看书，不爱笑，都是我喜欢的样子。而且，她对我的态度也不错，我忍不住向她表白了，从此开始追她。

我朋友说我这是网恋，如果奔现恐怕会大失所望。我不愿接受这种说法，我觉得我是真心喜欢她的。他们开始七嘴八舌，怕我被骗，怕我陷得太深，让我和她视频。我说她连照片都不给我看，会和我视频？其实我不是没想过被骗的结局，但我只是觉得相遇是缘，一切还是往好的方面想。后来他们也帮我分析了，说如果我一直追下去，或许我真的有戏。

　　她说以前和一个不错的男生每天都会道早晚安，我便开始每天和她问候。她有时候回我，有时候不回。我不知道她是什么意思，好像对我并不怎么感兴趣。她曾经和我说过，她喜欢有钱人。可惜我不是，我们大概不会有结果。

　　某天她生气了，因为发现我还在玩树洞，问我有没有找到真爱。我知道她在讽刺我，说我三心二意。我一赌气把树洞卸载了，发朋友圈，希望她看见。她很快联系了我，安慰我，说她是真的不喜欢我。我当时已经被爱情冲昏了头脑，我说我喜欢你就够了，我会一直喜欢你。

　　后来我知道她闺蜜被甩了，她因此不相信爱情，至少现在不想谈。我理解她，但我希望她可以和我互动，不要让我每天想怎么让她开口说话。她回应了我两天，然后又失联了。

　　我朋友说，如果她喜欢你，就会乐意和你沟通，不会对你置之不理。我其实也是这么想，只是我曾经历过类似的事情，而且不止一次，她们嘴上说不喜欢我，其实只是试探，看我有多喜欢她。曾经我放弃了，但后来她们又反过来勾搭我。前车之鉴，我有点儿爱怕了。

　　我继续每天联系她。她在上课，会抽空回复我。我突然感觉她开始和我互动了，像是被我软磨硬泡给感化了。她想看我写的东西，我发给她，她看完说觉得不错。她也会把她写的东西拿给我看，我说也不错，希望她可以投稿。她说她是电脑盲，不会用电脑。我只好帮她投稿。

有时候，她会把她写的打油诗给我看，我说要这样改，她看完觉得很棒，心情很好的样子。她会给我录新歌听。

这样联系了半年，我们的关系好像毫无进展，我觉得她是真的不喜欢我，虽然她不止一次这样和我说，但我一直坚信她是在矜持。可我慢慢也开始怀疑自己，毕竟她家境不错，又是独生女，家里一定不希望她嫁太远。如果我写作不成功，我们是不会有未来的，这半年来，我只是独自在意淫，其实根本不存在爱情。

我想最后努力一下，开始给她写情书，每天一封。她会笑，说写什么情书。从她的口气来听，她好像真的一点儿不感动。我觉得我太失败了。

她每次联系我都有事情聊。她会把好看的电影分享给我。她会和我探讨一首新诗。她会分享给我她录的歌……唯独，她不和我谈情说爱。她一直叫我师傅，就像从一开始，她只是想和我交个朋友。我们或许只是两个不同世界的人，因为某种机缘短暂交合了，但两条平行线依然是我们以后的常态。

我好像一下子就醒了，从自我的梦境中醒来。我和她说，我找到真爱了，她祝福我。我们之后有好长一段时间没再联系。我有时会猜想她是不是在疗伤。但我知道根本不存在这回事，是我想多了，我也就不再留恋什么了。

我从没体会过两情相悦是什么滋味。每次恋爱都觉得特别苦涩。我追不到任何女生，可能我和爱情天生绝缘。虽然我像红楼梦里的贾宝玉，身边总围绕着那么多女生，但只限于说说笑笑而已，再进一步都是悲剧。我觉得这就是命吧。

后来我也遇到过不错的女孩儿，她们会逼问我"你喜欢我吗"。我觉得这种最适合我，只要我喜欢，我们就能在一起。但我又会退缩，觉得自己能力不够，怕我们最终会败在茶米油盐上面。最理想的状态，大概就是我功成名就。我的自信全部来自于物质。我不知道是这个世界的拜金影响了我，还是我的出身让我有与生俱来的自卑感，我觉得只有足够的物质才能让我一往无前，否则我会在爱情面前屡战屡败，无一例外。

我想这是我的悲哀。但我不确定这是不是时代的悲哀。我们爱得恐惧，爱得无力，只有用物质武装自己才有安全感。我有时对爱情的焦虑大于一切。在我心里似乎已经没有爱情，只有交情。男女在一起靠的是交情，而不是什么所谓的爱情。

交情，就是我们能否像朋友一样处得来，能否建立利益关系，能否搭伙过日子，能否一起养育个宝宝，能否一起玩到老。

07 作者群

有一天我突发奇想，在微博搜索与出版相关的人，结果搜到一个群，我申请加入，很快被通过。我问群主，这是什么群，可以投稿吗。他说，这是作者闲聊群，又给我分享了一个二维码，拉我入微信群。

群里七个人，除去群主和我，剩下都是姑娘，有孩儿她妈，有设计师。后来才知道，群主是设计圈很有名的人，搭建了一个设计平台，免费分享设计成果及案例。他集多重身份于一身，经商开店，也出版作品。他家境殷实，是个富二代，有很多女粉丝，拉拢了几位热爱写作的人，一起探讨写作。

他们因为很熟悉，经常话题不断，我很想融入其中，多次插话尬聊，只有其中一位姑娘和我搭话，其他人都不怎么热情。我便先和她热聊，私下也加了微信，得知她和群主是在树洞认识的。她是个自来熟，和谁都能聊得火热，所以我们最先成了朋友。

群里还有个姑娘，散文写得很好，她常发在群里供大家欣赏，很治愈的文字。我后来帮她联系出版人，希望她可以出版散文集。可惜她懒得整理那些发表在内部报刊的文章，对出版并不感兴趣，就此搁置。但后来我们一直有私聊有关写作的东西，成了不错的网友。

后来认识的是一位设计师，她只是喜欢文字，但自己写不好。她性格很好，我们加了好友，她给我看她中学女儿的照片，我尤其对她艺术家的形象印象深刻，觉得她的设计作品也一定充满艺术气息。

还有位受到原生家庭影响的姑娘，一直单身，虽然身边也有暧昧的对象，但她始终找不到安定下来的感觉，就和我们聊起爱情。

她们都知道我的故事，是我自己吐槽的，有点儿自黑的感觉。由我亲身经历改编的短篇小说集，她们一直称为"渣男语录"。我写完后，她们好奇地拿去看，各抒己见，吐槽我的经历像是"开挂的"人生。

然而开挂的不是我，而是群主。他在树洞写了一篇文章，上了首页推荐，一夜之间涨粉无数。之后他在树洞发表数篇他的经历，很是传奇的人生。我当时不知道，也就没看到，但我知道他和女粉丝闪婚闪离的事情，觉得那才真是"开挂的"人生。

后来他突然清空了树洞的文章，消失了好几天。他的反常也表现在群里。他从不回复别人的问话，常常突然冒出来，聊几句就撤了，要不就是自言自语发了一大堆。我想她们没有议论此事是因为她们都知道，毕竟他们彼此早就认识，只有我是不相干的后来者。我把这个疑问和某人说起过，她也觉得是这样。有一阵，我们还怕他想不开轻生，在群里隐晦地表达了一些想法，希望大家都好好活着，任何想不开的事情都可以拿来大家一起讨论。

有个姑娘，她和老公都有抑郁症，她老公对她冷暴力，她怀疑他出轨了。这件事群里人都知道，大家都帮她分析，鼓励她摆脱对于老公的依赖，至少应该经济独立。他们有一个女儿，她老公对这个女儿一点儿都不上心，女儿喊他爸爸，他都置之不理，这件事伤透了她的心，为此常常以泪洗面。

后来她真的离婚了，开始了崭新的生活，好像比以前的状态好多了，这是个不错的结果。

某天，群主发起写作接龙游戏，他给出一段故事，每个人续写下去，看看能不能凑够一本书。有个姑娘，拿手好戏居然是写小黄文，大家力挺她露一手，我也第一次大开眼界，没想到群里喜欢小黄文的大有人在，一下情绪高涨，你一言我一语，好不热闹。

那是最美好的记忆了，后来群里不断加入新鲜血液，很多还是学生，聊的内容五花八门，我丝毫没有兴趣插话。后来发现最早我们这波人都玩起了消失，才知道，原来她们和我一样的感觉，觉得没有从前的聊天氛围了。

我想过退群，但觉得那样也没必要，不再关注这个群就好了。大家似乎也都是这样的态度。群里安静了很多，偶尔冒出来一句新人没头没尾的话，也没人接的下去，就这样半死不活地搁在那里。

后来群主强制每人每周在群里发一篇文章，大家一起讨论，共同成长。很多人赞同，开始不断有文章发到群里。由于大家文笔参差不齐，我也懒得看，更懒得写，慢慢就被边缘化了。某天，我终于被移出群，彻底和这里告别了。

好在还留下几个不错的朋友，我们私下还有些联系，但因为脱离了那个群，脱离了我们共生的土壤，慢慢也就变得寡淡了。偶尔的，能在朋友圈看到她们晒娃、撒狗粮、分享设计作品，觉得这样的关系也不错，君子之交淡如水。

我有时觉得真正的作家是没法和同行成为朋友的，好像只会互相伤害，无法心平气和地聊点儿什么。我们之前的群之所以气氛活跃，完全因为大家都是业余的，只把写作当个娱乐，凑到一起更像朋友闲聊，聊写作是永远聊不下去的。我和群主的关系就一直很尴尬，似乎总在绷着劲，不如和其他人来的自在，可能就是因为我俩对于写作更加专注，与生俱来有种无法调和的矛盾。

在很多出版群里，总是写作的多，出版人很少。谁发一段寻出版的话，永远没有回复，看到的都是你的同行，没人觉得你会写得好，或者写得怎样也与我无关，都只关心自己的作品能否出版，能否被人关注，被更多人喜欢。

可是作家和其他很多人都能成为很好的朋友，而且还可能对作家都很崇拜。这是作家喜欢的，想看到的局面，就像商家在争抢客户，他们之间是竞争关系，而且是自恃清高的竞争者，扮演着永远不嫌事儿大的刺儿头角色。因而这世上最精彩的骂战，就是两个作家之间的口舌之争。

08 笔友

有部电影叫《你好，之华》，曾引起身边人的热议。一个姑娘问我，为什么电影名字叫"你好，之华"，故事里却是以之岚的视角在演。我当时以自己的理解告诉她，她说不是，让我去搜影评。我看了，是和我的理解不同，但我觉得都解释得通，电影艺术就是要包容每个人的审美嘛。

不管怎样，那件事让我对"信件"这个过去的交流工具重新缅怀，但又不想写字，因为我的字丑，所以搜了下相关手机软件，还真有一个叫"笔友"的APP，我有些兴奋，觉得冥冥中一定会发生一些故事。我急不可耐下载，了解了下使用规则，写下了自己的笔友宣言，用来让别人简单地了解我。我也通过别人的宣言，找到几个有写信欲望的笔友，给她们写信，然后静待佳音。

信件发出，一天后对方才能收到。对方回信，我也得等一天才能查看信件，里外里就是两天。当然，这是快的，对方要是没有及时查看，那就得静待多日，说实话，也有那种等信的心情。

之后我遇到很多笔友，我们聊着五花八门的事情，让我觉得这世界如此奇妙。

　　我碰到过学生，她说她闺蜜抑郁了，她们之间的关系出现了问题，她很苦恼，不知道该如何面对。我给她讲，要体谅，要耐心，如果她们还想继续成为朋友，就得接受这个过程中遇到的一切变故，一起成长，这样才能友谊地久天长。

　　但我们没能深入聊下去，只写了两封信。类似的笔友也有不少。有的不知所云说一大堆，其中有一位，她特别能写，得有五六千字，长篇大论说她最近遇到的所有事情，觉得她过得特别充实，也不藏着掖着，什么都说。可是到我回信的时候，我平静如水的生活和她不对等，写不了几句就没了，她会让我不要吝啬笔墨，像她一样多写一点儿，她看着也过瘾。我说抱歉，我每天的生活就那么几件事，不断重复，实在没有新鲜事可写。后来她就不回信了。可是过了一个月，她又写信，说她前阵子太忙，没空回信，又是长篇大论一堆，我硬着头皮读完，无感，觉得没有交流的意思，也就懒得继续回信了。

　　和其他社交软件一样，这里也有找对象的笔友，但也没遇到哪些特别如意的，甚至可能在这个信息时代还有写信情怀的人，多多少少都存在问题。我遇到一个姑娘，她有皮肤病，她知道这件事会成为她恋爱路上的绊脚石，但她就是在等那个不嫌弃她的人，愿意每天帮她涂药的人。我自认为我是没有资格挑别人的，本身我自己就存在问题，但关键是我们聊不到一起，她也不是我喜欢的文艺女生，所以只是单纯的当作笔友写了十来封信，聊聊各自最近的情况，感觉很温馨，是我最原始的想要写信的初衷。

　　当然也有被我的宣言吸引来的笔友，大致分为三类：一是爱好文字的，别管是爱看书，还是爱记日记，或是想写却始终写不出东西的人，总之都对写作抱有兴趣，会向我表达一些感受，和我探讨一些作家作品，都是泛泛地谈，一般写个几封信就聊不下去了。

　　二是和我性格很像，向往隐居生活的人，他们会和我聊一聊曾经想要隐居的冲动，但因为种种原因不敢施行。或是最终发现，他们还是无法离开城市生活，放不下世俗的一切，所以就幻想一下就好。他们无一不表达了对我的羡慕和敬佩，觉得抛开一切隐居山林是需要莫大勇气的。

　　三是因为我的宣言里提到了我信佛，喜欢玄学。这样的人也大有人在。她们有的比我更加专注，已经到寺院里修行，而我只是心中有佛，并没有任何实际的行动，所以也聊不太多。至于玄学，我们能聊得就更少了，关于各路神明，我只是怀有敬畏之心，对于各种玄乎其神的事情，觉得只是信其有，但却没有深入研究，她们也只是说说各自的见闻，很快就无话可聊了。

　　算起来，写信最多的，就是那些可以和我闲侃的人。她们都是姑娘，爱开玩笑，懂我的梗，甚至不乏暧昧之意。我们写了十几封信后，一般会加个微信，继续联络感情。那些聊不下去的，慢慢就躺在了我的好友列表里，几乎不再联络。有些可以隔三岔五聊上好一阵的人，就会时常闲聊，聊聊心情，聊聊最近的遭遇，甚至烦恼趣事都可以拿来消遣，成为了不错的朋友。

一直以来，我的异性缘都不错，不管通过什么渠道认识的，总能遇到一些可以交心的朋友，有些成为我的贵人在某些方面给予我帮助。当然，所有的一切都遵循正常的交际规则，总会来来去去，身边的朋友不断更迭，一起经历一些事情，有所感悟，有所成长，这就是生活。

我喜欢网络社交，虽然它虚幻，不真实，但如今这个时代，还有多少是真实的呢？至少我感觉到的，很多都是人情淡薄，虚情假意，酒肉之交，真正的朋友越来越少，大家都对社交感到焦虑，也都在奔波于自己忙碌的生活，麻烦不断，烦恼丛生，坚强地去面对，乐观地去生活。

有人说，这个时代变了，人们生活的大环境变了，适者生存，每个人都会发生心态上的转变，我们不必纠结于这个时代，就以各自喜欢和舒适的方式去生活就好了。

这样说起来，其实没什么大不了，人总是要向前看。就像我的病，我坦然接受就是了。我的很多朋友甚至都有和我类似的遭遇，我都会安慰她们，鼓励她们，希望我的朋友都能过得很好，这是真心的祝愿。

09 老姑娘

笔友里认识了个老姑娘，比我长一岁，却没有恋爱经历。她是水象星座，平时爱幻想，常常想自己和哪个帅哥在一起了，但她每次向人家表白，最后都把人吓跑了。可能她长得确实不够出众，而她又拒绝看清现实，一直以小孩儿自居，不愿长大，不愿接受现实，就想一直活在童话里。

我们刚认识的时候，因为聊得好，几乎无话不谈。我说咱们见一面吧，她有点儿犹豫，问我为什么要见面，我说想看看感觉，她立刻就拒绝了，说我目的不纯，她只想把我当笔友。

虽然我们没有面见，但也一直保持联系。她很快认识了新笔友，看了对方的照片，觉得是个翩翩君子，古风古韵，是她喜欢的小清新范儿，就相约见面。她为此报了北京到上海的旅行团，只为了见他。那是她第一次独自离开北京，一直以来，无论她去哪里，父母都跟着。我觉得她父母是深知她思想幼稚，怕她出事，但这次为什么放她一个人出去，我也说不清。

见面后，她对他的一切幻想都破灭了，他真人看上去有点儿老成，和照片的翩翩君子形象截然不同。但回来后他们依然保持联系，可他意识到了她的目的不纯，就此和她断了联系。

她说这样的事情在她过去的三十年里不断上演。她曾喜欢一个理发师，因此常去找他理发。她强烈地喜欢着他，每天都在思念他，但她不知道该如何向他表达这份感情。他们加了微信，但他不怎么说话。他似乎感觉到了什么，不久他就从店里辞职了。她去找那家老板打听，得知他回老家结婚去了。

她说这样的事情不胜枚举。我说她应该找个合适的人去喜欢，而不是像言情剧里那么虚幻。她说在一起至少得是因为喜欢，她就是喜欢古装剧里男主角那样的小清新形象，让她和不喜欢的人在一起，她宁愿一个人。

我相信她的话，要不然也不会三十好几的人了，却没有任何恋爱经历。这样的人一定存在，但毕竟很少见。她就是所谓的巨婴，一直活在父母的羽翼下。早年她也上过班，但一直在跳槽的状态，她不知道自己适合什么工作，总之她适应不了这社会。她也试图做过英文翻译，但她怕出名，她想要低调地过完这一生。

其实出名哪有那么容易，她不过是在逃避而已。她喜欢现在每天无所事事地生活，有时看看书，写写字，做摘抄，做烘焙。她喜欢一些琐碎的日常，有点儿像过去大户人家的小姐，承受不了任何的委屈和压力。虽然时代在变，她俨然已经被社会边缘化，但她真的不知道以后要怎样，就想这样浑浑噩噩过一生，甚至有点儿赶紧糊弄过去得了的心理。

我对于她的这种无欲望感到担忧。早在新闻看到，说日本年轻人已经进入低欲望状态，对未来不抱期望，也没有任何梦想，就想行尸走肉一样过一生算了。这是十分可怕的社会现象，会导致社会停滞不前，甚至倒退。年轻人是国家的未来，一个社会需要年轻人贡献鲜活的力量，否则这个社会还能指望谁，难道真要看到五六十岁的老人还在工作的局面吗？

我虽然不喜欢职场，但我依然坚持梦想，我想成为有名的作家，至少对这个社会还有点儿价值。我不想成为彻底的废物，我觉得是梦想支撑我一直走下去，像是莫言，一直写到五十七岁才得到诺贝尔文学奖，那也是我为之奋斗的方向。所以她后来问我，为什么不喜欢工作，我说我只是不喜欢职场，但我一直在做我自己喜欢的事情。

她关注了我微博，知道我的一些不便在朋友圈公布的事情。我从没想过向她隐瞒，实际上也没什么好隐瞒的，我的精神抑郁实际上并不十分影响正常生活，习惯后慢慢就接受了。她因此才向我坦白，说她亚健康。虽然她没细说，但我大致猜到她是怎样的情况。我确实认识几个有类似症状的朋友，她们大多和我一样，自身充满矛盾，对现实倔强不服输，总忍不住为难自己，爱钻牛角尖，爱幻想，有点儿不切实际。我觉得这是代表一类人，社会上有很多这样的人在和某些事情做着痛苦地抗争。他们更容易抑郁，因为这世上本就没有理想中完美的事情，是人就难免受欺，烦恼丛生，迷惘无助……

我觉得这些都是人生常态，我们应该在这个过程中去不断成长，学会积极乐观地面对这个不完美的世界，这样我们才能活得自在。

她后来和我说过，经常阶段性情绪不稳定，心里烦闷，说不出是怎么了，却难以克制。我习惯称之为"压抑"。我觉得这个时代就容易让人产生压抑感，激烈的竞争，角色的盲从，社会资源的差距，未来的不确定性……很多的比较都给我们带来莫大的压抑。信息时代的爆炸传播，让我们总容易被虚幻的东西牵着鼻子走，我们的内心是焦虑的，行为是麻木的，整个人感觉像是灵魂出窍，疲惫，不知所措，甚至感觉错乱，病得一塌糊涂。

还记得日本作家太宰治在作品中所描绘的世界，花天酒地，物欲横流，心中从来没有个方向，整颗心空落落的，就好像死了一般。

像是老姑娘一样的人，如病菌一般在社会里不断滋生。我曾经在职场食堂听人说，某某辞职在家，享受片刻欢愉，坐吃山空之后，再求职，积累几个月的财富，再辞职，赋闲在家，如此重复。

这是这个时代很多人的病，他们在逃避恐怖而真实的社交，宁愿被社会边缘化，甚至被社会淘汰，也不愿像只无头苍蝇乌泱泱乱撞，就那样隐藏在某个狭小的地方，逐渐被人忽略，渺小如尘埃般隐去。

10　少女心

　　也是"笔友"上认识的姑娘，她才二十出头，却命运多舛，经历不少，让她的身心倍受折磨。我就是被她的交友宣言所吸引，短短几句话，透着无限悲凉，我猜想，这到底是怎样一个姑娘呢？

　　和她的通信，显得特别自然，我们交流的都是各自的人生，短短几封通信，让我们彼此很快有了进一步了解，我内心一直有个声音在说，我想认识她。但我忍住了，装作若无其事，继续诉说着我对于糟糕生活的厌恶。我没想到我们是同一类人，或许因此有了更多共鸣。某天，她一连给我写了三封信，我知道时机到了，我们加了微信。

　　自然，我们交换了照片。她是一个很有气质的姑娘，但并不符合大众喜欢的那种审美，反倒很是符合我的内心期待。接下来，我们常常通语音电话。我们很聊得来，而且相谈甚欢，似乎有种相识恨晚的感觉。慢慢地，她也把我当成了知己，和我吐露她的艰辛。

　　她是个抱养的孩子，在她刚懂事的年纪知道这件事，对她打击挺大的。我体会不到那种感觉，但我知道那一定令她很痛苦。如果仅仅是这样，她大概后来不会生病，是一直以来萦绕在她内心深处，像是长在心口的锋利刀子这么一件事，一直在刺痛着她。她说她一直没办法从那件事里走出来。即便还没听她说，我也仿佛感受得到那份痛不欲生。

那是她十几岁的时候，因为她外婆十分疼她，她外婆的子女担心她以后会争夺外婆的财产，因此让她在养父和外婆之间选择一个。她当时不懂得他们为什么这么做，只是单纯地困惑于为什么要把她和外婆分开。她没有办法，成全了那一群虎狼，选择跟养父一起生活。

听到这里，我已经感到她承受了莫大的痛苦，但是事情还没有结束。她外婆的子女又百般诬陷她，甚至将她妖魔化，让她外婆觉得是她狠心抛弃了她外婆。结果外婆疯了，这期间，她外婆一直对她念念不忘，哪怕让她们见上一面或许对外婆的病情都有好处。但她外婆的子女却没有那么做，而是完全将她们隔离开，直到外婆去世。她说她此生最大的遗憾是没有送外婆最后一程，是她害外婆疯疯癫癫，但她不恨任何人，只恨她自己。

我听到这里的时候，已经眼泪簌簌。而她，哭得伤心欲绝。我终于体会到了她痛苦的万分之一，这些年压在她心底的这块巨石，让她几乎崩溃。我安慰她，说那不是她的错，是恶人的罪行害了外婆，即便外婆至死都不知道真相，外婆依然是爱她的，一定不希望看到她现在这个样子。我希望她可以重新振作起来，毕竟她以后的路还很长。

她是一个没有任何保护伞的可怜姑娘，早早就出来闯荡社会，从最脏最累的底层工作做起。她一直对自己高标准严要求，承受巨大压力的同时，也让她获得事业上的小有成就。当她做到管理层以后，社会的肮脏再一次欺凌了她。她的老板想要对她潜规则，她拒绝污染自己的灵魂，因此受了多年的刁难，最后是她生病了，没有办法也走投无路了，她才不舍地辞了职。

这算是她事业上的瓶颈期，为了暂时缓口气，她去她干妈那里帮忙。但她离开了高负荷的工作，开始融入生活以后，她的病情终于显露出来。她总是时而烦躁时而低沉，情绪不稳定，严重失眠，需要靠酒精麻醉才能勉强入睡，有时还感觉视线模糊，头痛。那种感觉我感同身受，是抑郁和焦虑。后来她去看了医生，果不其然，她病了。

我们无法要求人人生而平等，有些人就是生来命苦，但步入社会以后，其实大家面对的压力是一样的，只是有的人坚强，挺住了，有的人相对脆弱，承受不住，所以受了伤害。这是没有办法的事情，只求她以后能遇到疼爱她的人，好好照顾她，算是对她的一种补偿吧。

我们后来聊得就比较少了，只在她心情不好，遇到困难的时候，她才愿意和我一个人分享。她是那么要强，不想在熟人面前低头，哪怕遍体鳞伤，她也要高昂着头。

我体谅她，明白她所有的感受，因为我们是同类人。我们总对眼前的生活不满，希望自己可以做得更好，无奈自己能力不够。那种掉进泥沼深渊般的挣扎，是我们对自己的折磨。我们不肯放过自己，于是一直苦思冥想，最后头痛欲裂，仍旧无济于事。

这是个人命运的哀鸣。我们在与命运抗争的过程中，那种历练三千的折磨，不是人人都能经受住考验的。成功的机会是人人平等的，但每个人所承受的考验是不同的，有的人就是要比别人经历更多，很多人就在这个过程中倒下了，一波一波的人被无情刷了下来，所以成功永远都是掌握在少数人手里的。

我不知道如果她没有经受住考验，最后会是怎样的结局。我甚至不敢想。但我同时知道，无论她经历哪些，直接的感受也只有她自己知道，最终无非就像张爱玲的结局，孤独地死在房间里，隔了很久才被人发现。这份凄凉，是她最可怕的结局了吧。

我不愿看到这样的结果，我一直希望上天能对她好一点。所以我会竭尽所能帮助她，哪怕只是默默陪在她身边，在她痛苦时，做个安静的倾听者。可以用我多她几年的经历，宽慰她，鼓舞她，让她一直不要放弃，相信她的未来一定会是美好的。

在我小的时候，我常常觉得上天对我不公，直到很多年后，我才意识到，是自己太脆弱了。我深知脆弱的人注定要吃的那些苦，索性，我是个歌者，有机会把我对于生活的点滴感悟，写给更多人听，哪怕只是换来他们的微笑，我也觉得是莫大的欣慰。

11 买房

相亲认识一姑娘，她比我小一岁，家里是地地道道的农民，很早就出来北漂。为了生存，她一直在考各种证，因而多年来也没什么积蓄。但她依然追求一种生活的小情调，把家里布置成北欧乡村风格，很多都是细节处她别出心裁。她是个很有想法的人，一直在做刺绣、拼布这种手工，而且很用心，一条龙的图案可以绣上一年多。

婚介给我介绍的时候，说她很有追求，意思是其他方面差点儿。我倒不在乎这些，加了她微信。我们按照程序交换了照片。她个子不高，骨架很大，倒是挺白，长得还过得去。她以前挺瘦的，有张穿一袭白裙、脚踩高跟的照片，看上去像是混黑道的，特别霸气，加上她养的那只藏獒，更像一方恶霸了。我倒是见识过这类型的人，所以也没感到惊讶。主要我们没什么共同话题，一直都在聊她的手工，我实在找不到感觉，就和她直说了。

但我们还是朋友。她说觉得这家婚介不靠谱，我不知道她是不是在说我不靠谱，虽然她嘴上否定，但我感觉她就是这个意思。没两天，她说她同事的弟弟在追求她，是个生意人，比她大几岁，离过婚，她有点儿不愿意。我说要不然我们见一面吧。她笑了，说好马不吃回头草，问我不是反悔了吧。我是有过摇摆，但后来觉得她应该是个过日子的人，就像我朋友说的，我喜欢的人都不现实，就想见面看看。

她开始是拒绝的，但在我再三坚持下，她说让我帮她在山上找些奇形怪状的树枝，她要挂上流苏当艺术品装点房间。她答应给我一些她自制的凉菜，说她同事朋友都特别爱吃，算是礼尚往来吧。

那天，我们匆匆见了一面，交换了东西，她有事儿就先走了。她后来给我发照片，说她给大爷大妈掰棒子去了。他们的儿女不在身边，她一直帮助他们，他们待她也不错，本来想认她做女儿的，还可以把她户口转北京来。本来是件好事儿，但她说要北京户口也没用，而且她不图他们什么，付出都是相互的。

我觉得她人不错，交个朋友也好。没过几天，她说想给家里买房，在网上贷款被骗了。我安慰她，让她去报警。她说金额太少，没法立案。没办法，她只能认栽，好在及时止损，要不然她连以后的日子都没法过了。这种事儿我也遇到过，最后也是就当买个教训。善良的人总容易被骗，但人生总是要交学费才能从社会毕业的，下不为例就好。

那段时间，我们隔几天会聊上几句，她问我新书怎么样了，我问她刺绣如何了，仅此而已。有时候，她会给我发很多照片，有她的自拍照，有快完成的刺绣。我不知道她什么意思，可能人家只是朋友间的正常沟通，我不想多想，就只是应和她而已。她也会和我说她前男友嫌弃她脑袋大，然而确实是这样，我却不知道该如何回答，便装哑巴。

后来她刚搬了新家，说布置好请我去做客。我过个几天就会问她，弄好了吗。她说最近忙别的，还没弄。某天，她终于和我说弄好了，我以为终于可以去做客了，她却说，怕我去了村里人说她闲话，说她一个朋友帮她干活，别人都以为那是她对象。我说没事。她说不行。这事儿就这么过去了。也许就像我妈说的，她混迹北京多年，早就是老油条了。

我不再考虑这件事，开始专注忙自己的事情。某天，她又联系我，说想去内蒙古买房，一万多一套，问我想做个邻居吗，那里挨着一片白桦林，也没什么人，消停，适合隐居。我惊讶于怎么这么便宜的同时，我想我去那儿买房干什么，就没应。

她也是在一个群里听别人说的，说那里就是偏僻，没有超市，只有小卖部。这个概念和我现在隐居的地方差不多，我明白只有最大限度降低自己的生活需求，否则极不方便。我说你去那里靠什么生活。她说暂时不去，以后去那里养老。关键她只买得起那里的房子。

十一的时候，她真的坐火车去了，那里有人接待他们。看了几家，要了个最便宜的，当天就买了。那是当地以前煤矿职工的宿舍，六七十平方米的小两居，格局不好，就那个地界来说，也不算便宜了。我不知道她是不是以后真的打算去那里养老，想来老了很多事情会更不方便吧。

前阵子，我朋友突然问我借钱，说是要在通州买房，她不想家里亲戚知道。我说我拿不出那么多，她就想管领导借。我不知道她后来是怎么解决这个问题的，但她确实贷款买了房。我说你真勇敢，要是我，可不愿被任何事情限制了自由，更何况是欠银行那么多钱。

比较起来，她去内蒙古小镇买一万多的房子，其实也是可以理解的，只是想到未来要在那个地方生活，不知道会经历怎样的不便。

我是不愿意离开北京的，可能因为这里是我的家。其实大家都在努力寻找归属感，所以只有那个自己最习惯的生活环境才能满足这一点。后来我隐居，也只是回到自己出生的地方，那里有我儿时熟悉的环境，我不敢去到一个完全陌生的地方一切从头开始。

想来，我工作之前竟然没有离开过北京。工作后经常出差去过不少地方，对南方有着不错的印象，想着也许以后有机会，会选择到南方旅居，但也仅此而已，论长住，我还是要留在北京。

很庆幸，我没有北漂这样的经历，体会不到她为何要去内蒙古买房养老的初衷。然而这就是生活，就像候鸟的迁徙，它们有不得不完成的使命。我希望她在那里可以找到最终的归属感。她是个好人，希望上天可以眷顾她。

12　爬山

　　我隐居的地方山连着山。开车一路过来就像钻进一个口袋，四面被山团团围住，只开了个小口子，一进来再想出去只能倒回去了。

　　我住的地方背靠山，平时爬山就从房后小路上去了。原先都是自留地，现在退耕还林，林子虽然没起来，但也没人种地了，大多都成了荒地，但石头砌的阶梯还有，可以一块地一块地地爬上去，倒也不费力。

　　翻过一个小山包，来到一块腹地，那里有一处废弃的户外扩展装备，搁置多年，早已锈迹斑斑，有用的零部件也已被人们拆卸走，彻底成了摆设。

　　这腹地有一处残院，是我们家的老房，当年爷爷奶奶就住在这里，也有我父亲的童年印记。院儿外有一台石碾，现在也成了摆设。

　　穿过这里，来到一个三岔路口，有一条景观栈道一直修葺到山顶，是外来游客的打卡地，我常带着狗去爬。我朋友说我很幸福，就住在景点里，然而对我来说是无感的，我出生在这里，虽然后来搬出去十多年，但踏上这片土地，就是满满的回忆。

　　儿时的记忆里，这条上山的路很难走，我父母在生产队干活时倒是常走。而且我对这个山头的印象不好，小时候在山脚下的奶奶家住，夜晚醒来，看窗外闪过一个人影，第二天我就发高烧意识不清醒了。农村人把那叫作中邪，找大仙儿帮我看，说是被山上的老太太领走了。所以这座后来被称作"纱帽山"的山头，我以前真的很少走。

今时不同往日，栈道修好后，好像一马平川一般，我的狗每次都飞快地爬上爬下，反倒是我累成狗，追在它后面呼哧呼哧喘气。不过为了锻炼身体，我也是乐此不疲。

半山腰有个小亭子，在那里眺望，能看到村里的全貌，狭长的，一户户人家像是地雷一样安插在山体夹缝里，只感觉村落太小了，人家太少了。而现在，就是眼下这些不算多的人家，也大部分都成了空房，人都搬出了这个穷乡僻壤，另谋繁华去了。

可是我喜欢这个地方，平时爬山几乎见不到人。要是旅游旺季，我会选择待在家里看书。爬山也会故意避开人群，就我和狗，我们一起爬到山顶，在那里远眺，看这崇山峻岭，有种豁然开朗的通透感。空气新鲜，景色宜人，漫山的彩色树木，耳边拂过的清风，一切的一切，都让人心旷神怡，烦恼瞬间烟消云散。

我一般习惯在山顶的座椅上坐一阵，狗会漫山遍野地跑，我等它回来的同时，彻底放空自己，把自己融入这壮阔的山林之间，去感受自然的魅力，在一个不一样的高度和角度，去畅想未来，去思考，一遍遍确定我要隐居下去的决心。我觉得，只有在这样的环境下，我才能写出思想深远的作品。我要感谢这里的一切。

每逢春秋，我会背上电脑上山，找一个僻静之地，面朝朝阳，席地而坐，写我的作品。我喜欢这里幽静的环境，耳边伴着鸟语虫鸣，狗在旷野之地奔跑，我可以安心写作，没有任何的打扰。

这群山之间，还有一个牧羊人与我为伴。他总是下午出现在山间，一群白羊叮叮当当地走来，远远望去，都是成片的羊群。所以我一般会选择中午前下山，只写两三个小时。偶有例外，我也会带上午饭，在山里待上一天。然而并非每天都能碰见牧羊人，我只碰到过几次。牧羊人以为我是写生的画家，但看我拿着电脑，好奇地问我不用电吗，我说有电池。他少见多怪了。

夏天闷热，而且阳光很毒，我一般闭门不出。不吹空调，也很少用电扇，让身体自由出汗。傍晚，稍微凉快一些，去冲澡，完事看会书，九点左右入睡，第二天五点左右起床。以前常常是夜猫子，隐居以后慢慢改善了睡眠，养成早睡早起的习惯。

冬天不同，晚上很早就钻进被窝里，抱着电脑追剧，玩手机，要很晚才睡。早上屋里很冷，所以不愿钻出温暖的被窝，一般要到上午九十点钟才起床。午后气候十分温暖，待在屋里反而冷，我就会带着狗去爬山。

有时路上遇见游客，常打个招呼。也有闲聊几句的时候，不过很少。本来我就是图清净，一路无人更好。赶上秋收时节，山里有果木，会有很多山里人回来摘果实。也有游客偷果木，反正很多都没人要了。

这样看来，一年四季过得飞快，转眼我已经隐居多年。我不知道我还要在这里待多久，但我们家似乎有个"五年定律"，就是每五年左右，我们都会搬一次家，从我记事起就这样。不知道这个魔咒能否在这里打破，不过我想我至少不会在这里待一辈子，我还想去南方旅居，想以后有经济实力了买个庄园养老。总之，这里毕竟是穷乡僻壤，很多方面不方便，而且我也总有爬山爬腻了的时候，总会有想要离开这里的一天。

无论过去多久，等我再去回忆曾经的爬山经历时，我一定依然记得那巍峨的山峰。那一重重的山啊，让人流连忘返，总也看不够，就好像看到的不是山，而是一个人奋斗不息的一生。

一江春水一江涛，一山更比一山高。

山重水复疑无路，柳暗花明又一村。

回顾我的写作历程，似乎就像这崇山峻岭，看着是那么的难以逾越，但是一步步走来，终有到达山顶的一天，这时候你又会发现，山外有山，天外有天，你还得越过一座座山峰，途经千难万险，最后到达人生终点。而死前最后的回望，依然是这满眼的山峦，是一重重的山峰。

如此想来，站在山顶远眺那一刻，尽收眼底的景色，该是多么妙不可言啊！

13　写作

　　回忆写作，我大概从第一次写作文开始就特别喜欢。我会乐于和别人分享我的作文，但却并没表现出这方面的一点点天资，反而平平无奇地过来了。

　　直到高中，我被语文老师发现，源于她要求我们在她的第一堂课，写下我们对于语文课的感受。我写"我喜欢写作，它变了我的一生"。

　　在那之前，我几乎是个没有任何兴趣爱好的人，本来人就迟钝，在各方面也没有优势，我可能就要成为一个最普通不过的学生了，这时候，我的语文老师发现了我。我的古诗词笔记被她当作范本装订成册，给同学们学习；我写的作文虽然没有华丽的辞藻，但总能以思想取胜，获得全班最高分；我的作文比赛作品也在老师的指导下得了奖，使我高考有了加分项。

　　老师的鼓励和帮助，让我对于写作有了莫大的信心，从此开启了我的写作之路。后来参加校外征文比赛获奖，也给了我很大信心，但所有的起点都源于语文老师对我的写作启蒙。

　　但高中毕业后，一直到我萌生想要职业写作之前这七年时间里，我的写作之路却几乎停滞不前。我的抑郁症阻碍了我的思考，使我精神颓废，不思进取，更是毫无写作灵感，甚至一度搁笔。

直到2014年，我迎来了人生的一次转机，我写出了第一部长篇小说，虽然文笔略显稚嫩，但也算给予了我创作上的很大信心，算是万里长征第一步，让我重新找回写作的灵感。之后一发不可收拾，以每年两部的速度笔耕不辍。虽然成绩不够理想，没有在写作这条路上建立功勋，但却让我积累了很多的宝贵经验，也在这个过程中逐渐形成了自己的文风，使我以后的写作更加从容，写作技巧各方面都有了长足的进步。

先后签约的两部作品，让我对于自己的写作更加充满信心，虽然最终没能达成使我满意的成绩，但却在和编辑的沟通中提高了自己，丰富了自己的写作思路和技巧，为以后的写作之路铺平了道路。

2016年，我因为写作失利曾短暂回归职场，但最终因为难以适应职场，以及我对写作的热爱，让我决定隐居，开始了正式的专职写作。

在写作题材上，我经历了几个重要阶段，从最初的以自身经历为唯一写作题材，到后来的为故事量身定制内容，是我写作的一个重要转折点。我也从最初的只写言情文，演变到后来的多种元素融合，彻底打开了写作对于我的束缚，使我的写作水平更上一个台阶。

我对素材的整理和加工，已经从最初的照搬别人的经历，到真正为我的故事服务的转变。

我记得和编辑沟通的时候，她问我擅长写什么题

第三辑 慢下来去看看这世界

材，我说贴近生活的回忆式写作。从那时候开始，我才在编辑的帮助下，学会了写故事大纲，了解到一个好故事是如何从想法孵化出来的，真正拓宽了我的写作思路和创作技巧。

后来阴差阳错的，我更换了好几个责编，她们教会了我不同的东西，让我意识到，其实我的优势在于想象，我完全可以展开丰富的联想，从此转变了我的写作思路，从单一的言情文，转变为悬疑奇幻，或是悬爱题材的故事，让我的作品更加丰富多彩。

我出版的首部作品就是我的转型之作，当时从编辑那里得到的反馈还算不错。这部作品参加了征文比赛，也入围了，最后有机会合作出版，就这样走入了图书市场。

我其实不知道自己能在这条路上走多远，但我清楚这一路走来我都经历了什么，以及我对于写作的无比热爱。写作让我感到快乐，我的脑子里也总会蹦出一些灵感，我会及时把它们记录下来，写好大纲，等待随时拿出来都可以去丰富内容，完成一部完整的作品。

有时候，当我回忆这个过程时，我都会感到细思极恐。我从小就是一个爱发呆，爱胡思乱想的人。我父亲也有写作的经历，他的文笔不错，做过秘书工作，不知道我对于写作的热爱是否有遗传因素。而在高中时期，我又遇到这样一个人，他喜欢写作，在他的影响下，我才开始写作，结果我越写越好，不断得到别人的肯定，反倒是他弃文从医，我们之间也由此变得尴尬。这些所有的偶然，成就了我现在的必然，我似乎应该感谢这一切，冥冥中就有什么把我引上这条路。虽然前路漫漫，我深知还要经历很多磨炼，但我对于写作的热爱已经深入骨子里，融入我的生命，我未来都不可能离开它。

这一点，我十分坚定。我知道这条路不好走，现在几乎人人都以作家自居，网络文学异军突起，读者爱看什么，什么内容容易火，写作者就拼命往哪里钻。这是不对的。

真正的写作，应该是自由的，开放的，丰富多彩的。虽然这条路很难，但作为写作者，我至少还是要坚持写作的初衷，做我觉得对的事情。

14 疏离

隐居一年多，一直在忙自己的事情，逐渐和以前的朋友疏离。这是人之常情，因为每个人都有自己的生活和工作，离得远无法经常相聚等原因导致我们慢慢地，自然而然就疏远了。

有一次，几个以前的朋友要来找我玩，我发了位置给他们，他们从海淀开车过来，两个多小时就到了。他们带了礼物，在我这里吃了饭，我们闲聊了几个小时，到晚上九点，他们说回去还有事儿，我就没挽留。他们说下次再来喝酒，我说好啊，给他们带上不少山货，很开心地告别。

那年春节，他们又来看我，我很是感激。他们给我家拜年，我们一起吃了饭，闲聊到天黑。他们没喝酒，因为没打算留下，毕竟大过年的，他们每天都在走亲访友，顺便抽空来看我，已是万分感谢了。那天我带他们逛了一圈我们这里的景点，他们觉得也没什么好玩，比想象中差得远，或许是因为这个原因，后来就没再来了。

前几年，朋友圈里很热闹，总能看到大家的动态，在手机上互动一下，以此保持着联络。突然某一天，大家的朋友圈就都设置了"三天可见"，也很少再发什么动态，彼此都像消失了一样，慢慢就都躺在好友列表里装死了。

记得前几年，我还在职场，我发小突然联系我，我还挺高兴，结果是他要结婚，请我去参加婚礼。去之前，我妈还提醒我红包不用给太大。我问她，现在年轻人最少给多少。就这样，我去了，结果我们发小四个，就我一个人去参加了。这还不算什么，结果婚礼后我们再没联系过，算是给我好好上了一课。

我知道这就是生活。后来高中很好的几个朋友，本来之前常有聚会，我参加过几次，觉得没什么意思，好像再找不回学生时代的友谊，他们更多的就是吃喝玩乐，我不喜欢，慢慢就退出了。但他们至今依然聚拢在一起，我知道这是自然的选择淘汰过程，玩得到一起的，最后都保留下来，不合适的关系就都出局了。

同样的，我大学有几个不错的朋友，以前也常联系。那时我在市里，他们找我比较方便，常一起吃个饭，在我那儿住一夜，一起打打游戏，聊聊天，感觉挺惬意。其实我回房山以后，他们也来找过我，就是比较远，一年见个一两次。后来我在延庆朋友的民宿干过一阵，他们那时候去找我玩儿过，当时关系还可以。直到我隐居以后，几乎就没有什么联系了，大家一下子就都失联了。

当然，我知道他们都很忙，也都结婚生子了，重心都转移到家庭，和我这个奇怪的单身汉的共同话题越来越少，再往一起凑只会十分尴尬，不如就在社交软件上点个赞来的实际。

我是喜欢网络社交的，因为便捷，不管相隔万里，我们都能随时语音、视频通话。最重要的，网络社交的前提就是有共同语言，否则没必要保持联系。最初可能因为一时好奇认识很多人，刚开始也是无话不谈，但慢慢地，当我们变成无话可谈以后，还能时常聊聊天，那我们才算真的朋友。

很多人的微信有很多好友，我却始终保持在一百人以内。多了我应付不来。我这个人懒，也不喜欢在社交上花费太多精力，我有很多自己喜欢的事情要忙，所以我需要经常整理好友列表。

今天的网络如此发达，几乎可以通过各种方式去认识新的朋友，但依然无法阻挡我们的孤独感。就像很多夫妻，其实也是同床异梦，想要找到一个志同道合的朋友，确实很难。

但我依然喜欢结交新的朋友，哪怕最终的结果难免疏离，但我觉得交朋友的过程才重要。你可以在别人身上学到一些东西，或者是把朋友当作一面镜子，去发现自己身上的某些不足。这个过程就像你咿呀学语，你需要社交来不断提升自己，而成长的一大课题，就是我们自身各方面能力的提高。

我们常说活到老学到老，其实除去那些书本知识，很多我们都是从别人身上摄取到的。这是自然法则，就像生老病死，我们根本无法抗拒。

以前我确实有过不成熟的看法，想要隐居山林，切断和外界一切的联系。后来发现那根本不可能，因为我们的生存无法脱离这个社会，哪怕只是最简单的油盐酱醋茶，我们总要见人。

而且一个人不仅要面对孤独，也会失去很多快乐。我们生活最重要的就是快乐，如果我们无法快乐地面对生活，就会感觉每天都是那么的煎熬，一辈子会是那么的漫长。这时候，我们就需要社交，我们可以在别人身上找到快乐，这是我认为社交最重要的一点。

人有悲欢离合，月有阴晴圆缺。疏离是一种自然规律，我们无法阻挡，与其敏感的悲观失落，不如去勇敢面对。生活的意义有很多，但为了让我们活得更有意义，我们需要不断通过社交来丰富自己的人生。

以前有个女孩对我说过，说我们无法脱离社会去独自生活。这句话在当时的我看来，是完全可以否定的。当时我处于抑郁状态，想要完全封闭自己，直到我找到抗击抑郁的有效方法，就是需要我们不断在社交中寻找人生的平衡点。通过与人沟通，我们总会获得很多有用的信息，经过我们大脑的处理，将那些对我们有用的化为己用，就像一条精密繁复的生产线，生产出来的是一种社会产品，对我们的生活必不可少。

时至今日，我几乎一刻不愿意完全抛弃社交。即便我隐居，我也只是规避一些无用社交，但对我来说是必不可少的，虽然最后依然会变成疏离的关系。

15 家

我出身于工人家庭。

父亲高中文化，曾有机会在一所中学任教。那时候，农村教师待遇不好，父亲想多点儿收入，改变家里贫穷的窘况，于是走了窑。

父亲为什么觉得工人能够改变家里境况呢？在他小时候，只有家里人有当工人的孩子才能吃上水果糖，可爷爷是地地道道的农民，父亲因此曾丢过要别人糖吃的脸。往后，父亲也常以此激励我。

母亲也是高中文化。那时候，在农村不兴女人出门工作，除非生活所迫，在我父亲走窑之后，母亲就负责照顾家里，只断断续续做过一些零散的活计。母亲在步入三十岁后患了高血压，也就干不了什么重体力活了。

我是在我父亲工作的地方出生的。据我母亲说，我们一家四口当时租住在一间五平方米的小黑屋里。那时候我还没记事，后来就住进了父亲单位的公房，居住条件大有改观，所以我也没什么灰色记忆。

父亲其实才华横溢，写得一手好字，文章也写得不错，很快就在单位混得风生水起。家里大部分用的东西，都是父亲在单位各种书法比赛上获的奖品。印象中，经常有拍马屁的人给家里买好吃的。父亲因为仕途也常请人到家里吃饭。只是人算不如天算，后来单位出现了事故，死伤数人，父亲被牵连，又遭小人算计，过了几年苦日子。

据母亲回忆，家里一年到头不见两次排骨，每次都是我和哥哥吃肉，父亲啃骨头解馋。母亲根本不吃荤。

但那时候，我还是能经常看到广场放映的免费电影，对一切充满好奇的我甚是满足。

哥哥长我七岁，体弱多病，在升中学时就转学回老家了，不用寄宿，方便照顾。我刚好读小学，便跟随母亲一起回了老家，留父亲一人在那边。每逢寒暑假，父亲都会接我到他那里。父亲总会给我蒸肉包子，留我在这儿陪他到轮休，我们再一起回老家，一家人团聚。

哥哥平时学习专心，根本没空搭理我，父母也不允许我打扰他。哥哥闲下来的唯一爱好就是捣鼓小发明，什么遥控车、遥控船、螺旋飞机，等等，都是照着一本类似机电原理的书来动手制作，搞得相当有模有样。唯一一次和哥哥一起玩，是我们一起在沙子堆刨橡皮泥，哥哥很认真地捏了个泥塑，是个栩栩如生的人物，我特喜欢，就想把玩一下，我哥不肯，嫌我烦，他最后摔烂在地上，我为此哭了一道，回家我母亲就狠狠责备了他。虽然有类似不好的记忆，但我还是很想哥哥陪我玩，因为我们的交流实在太少了。

哥哥在中学之后就在外住校了，只寒暑假回来一趟。毕业后又抓紧工作赚钱，以此来减轻家里的负担。

等我升中学的第二年，因为总被人欺负，我又转学了。父母不忍心我住校，举家搬到了县城。当时我家刚拼命盖了一院儿的新房，没来得及住就折腾出来了。在外租房，处处得节省，为此搬了六七次家，只为了房租能更便宜几十块。

虽然家里真的没钱了，可父母期盼我上大学，就总紧着我花。那时候已经开始时兴课外补习了，但我为了给家里节约开支，即便中、高考也没补习过一次。可我依然考上了不错的学校，一直到大学毕业。

至今令我感怀的一件事，是刚转学出来那年，日子过得紧巴巴的，一次母亲去市场买面，离家两站地远都不舍得打一辆五元的三轮车。路上遇到个骑板车收废品的实在看不下去，说："大姐，我帮你免费拉过去吧。"母亲都没有舍脸，咬牙给扛到了家。

父亲临近退休，终于被人从井下调到了地面干活，让他在退休前享两年"清福"，只是工资更少了，日子也更紧巴巴了。

我是个好面子的人，即便在同学面前穷的丢面子，也总是低着头往前走。我不知道自己极度腼腆的性格是否与此有关，而我对于上课起立回答问题都会脸红心跳的自己讨厌死了，可是能怎么办？我就是有点儿自卑而已。当时我因为作文得了奖，又是班上唯一会写诗的人，一时间成了焦点人物。在这之前，班里的很多女生甚至不知道我的名字，因为我从不和女同学打交道。我有个喜欢了三年的女生，可我连表白都不敢。有过一段朦胧的初恋，还是女生主动的。偶尔犯了错被老师叫过去痛批，说什么都好，就是别提我父母，因为一想到他们我就心疼得掉眼泪。

印象中，我们家好像一直在搬家。为了生计也好，为了方便我们子女也罢，总之，父母都是全心全意为我们付出的。我是选择不了出身，但我也从没嫌弃过自己的出身，因为我有世界上最好的父母，他们给了我一个充满爱和温暖的家。

我爱这个家，我爱这个家的一切。

16　朋友

在我学龄前那段时间，我甚至没有朋友。

据母亲说，我都四岁了，被一个两岁的小孩儿推搡到墙头下面，所幸没有受伤。后来那一片儿的孩子都知道我是个"废物"，他们开始轮番欺负我。和我一般大的孩子每次来找我玩都会和我打一架，我每次都吃亏吃大了，就因为我不会打架；父母都是善良的人，也从不学别人的家长拉偏架。

比我大的孩子莫名总喜欢偷我家东西，什么都偷，致使父亲常和他们的家长打架；父亲会打架，但比一般人瘦弱，难免要吃哑巴亏。

上学前班时，同学都拿我当"傻子"看，几乎人尽皆知，常常需要被女同学袒护。

后来因为哥哥上学的问题，我跟着一起转学回老家了。在我上三年级之前，村里的老师还可以打人，我经常看见那些调皮的同学被打手板，虽很狼狈，但被打的同学也从不哭。我不会挨打，因为我最老实，连想去厕所都不敢说，宁愿尿裤子；有次考试的题目和我之前学的不一样，我不会，也不敢说，急得啪嗒啪嗒掉眼泪。我一直很爱哭，亲戚们为此都说我的性格像丫头。

之后我才开始有朋友。都是男同学。我依旧不和女生打交道，连看她们一眼都会心跳加速。我们一起玩很多东西，跳皮筋、丢沙包、拍洋人儿、玩拍子、打弹球、放风筝……

后来也开始玩些像样的东西。比如，我们会用铁皮暖壶外壳（带镂空那种）制作笼子捉松鼠。有一次，我的小伙伴弄了一个，我们一起在山坡上的老核桃树下下笼子。他反复叮嘱我，不许告诉任何人，这是我们的秘密。我很认真地点头答应。回到家，遇到我表哥，我立刻就告密了，表哥就把笼子收了，据为己有。小伙伴知道后，对表哥敢怒不敢言，但看得出来他对我很是反感。为此我也自责过，不明白自己为什么要当"告密者"。

我那些聪明的同学都喜欢和大孩子一起玩儿，不仅乐趣多，而且能学到不少东西。我则恰恰相反，我喜欢和比我小的半大孩子玩儿，他们也都很喜欢来找我玩儿，比如我同学的弟弟妹妹什么的。我们会一起玩过家家，甚至玩得不亦乐乎，被我同班的女同学撞见后，她们都会出言讥讽我。

我那时候经常被同学欺负，无论谁我都打不过，一吓唬我我就哭了。我喜欢独处，喜欢躺在院子里看着天上飘浮的云朵冥想，不喜欢争吵，每次无奈被拉进谁的对立阵营，我都会很苦恼。同学因此来"报复"我，我也从不吱声，甚至还会因此心安理得。有时我也会要点儿小聪明，撺掇闹僵的小伙伴和好。为了讨好哥哥，我还经常去垃圾堆"淘宝贝"，回来给我哥搞他的小发明……

其实，我经常感到孤独，不明白自己为什么那么笨，因此常想赶紧长大，去外面的世界闯荡一番，将来出人头地，让那些欺负过我的人另眼相看。然而那些都只是我的幻想。一个多愁善感的孩子，是不容易被人认可的。

升中学后，我块头很大，依旧被人欺负，那些很屈辱的事情几乎令我抑郁。为此我转学到了县城，逃离了这个穷乡僻壤之地。后来我都没有再被欺负，可能因为大地方的孩子都有素质，也可能欺负人这种小儿科已经过时了，有问题都是拉群架来解决。

那时候，因为我很佛系，学习又好，身边围着不少好朋友。但我不是那种喜欢拉帮结派的人，独来独往是我的常态，只是自带"吸引力"，大家都喜欢逗我玩儿，觉得我很呆萌，就像在逗一只小宠物似的。我慢慢开始招女孩子喜欢，我想也是因为我可爱，而不是因为帅气什么的，虽然也常有人说我好像突然长开了，而且自带忧郁，有点儿偶像光环。

我以为这会是一件好事，无形中也令我开始自恋起来。男生因此开始讨厌我，感觉和我在一起最后都成了陪衬，因为我在女生中很受欢迎。后来我的写作才华被偶然激发出来，就更招恨了，昔日的朋友都弃我而去。

我就是被这些乌七八糟的事情给耽误了，所以没能考上理想的大学。后来因为自己的爱好，选择了学习新闻专业。

人们都说大学校园就是个小社会，唯一的不同是：

大学终究是校园，要比真正的社会童话得多。但我还是因为种种不适应而抑郁了，开始四处寻医问药。其实我什么实质的病都没有，仅仅是心理问题而已。在这样的状态下，我是不可能交到知心朋友的。我说的朋友，是那种势均力敌真正能玩到一块一起成长的朋友，感觉他们对我的友好都是在照顾我。

有一次，我们分了新的宿舍，我因为在班里成绩垫底，被分到了与其他专业的同学在一起。虽然我们都是一个系，也都是熟面孔，但我还是感觉不舒坦，一直躲在原来的宿舍里不肯面对现实，于是有同学跟我调换了宿舍。我当时不知怎么了，感觉自己像个被世界抛弃的孤儿，越是被别人同情，心里越是难受，于是痛哭流涕。如果真的进入社会，我想我一定会被残酷的竞争淘汰掉。我感觉我好像完蛋了。

步入社会后，我一直感觉自己活得很卑微。当时大学的几个好朋友依旧待我如初，虽然各自忙碌，但时常聚首。唯一令我感到欣慰的是，每个人的工作都不那么轻松，都切身体会到活着的不容易，至少让我感觉我们是一样的。

不管这一路我们的人生观、世界观会如何改变，我依旧是我，独来独往，多愁善感。可能唯一的变化就是，我变得有主见了，有强硬的一面敢说不了，更偏激更自我了，也更现实更圆滑了。其实那些骨子里的东西谁都不会变，变的就如你的长相，熟悉你的人总能看出你的影子。

17　喜欢

　　学前班上学期结束，我转学了。

　　离开学校那天，班上有个女同学第一个跑出教室，等在校门口。我依旧很快出来，但我当时并不知道我是第二个。只记得那位女同学见我迎面走来，她露出一脸灿烂的笑，可能还有点儿脸红，我记不太清楚了，我当时很不自信地转身看去，以为她在对别人笑，身后却连个人影都没有，我才确定是我。她把我"堵"在门口，我呆若木鸡盯着她看，等她说话。我当时特别紧张。然后她从背后拿出来一个绿色的恐龙玩具送给了我，还说了一些送别的话。我只说了"谢谢"俩字就走了，她当时红着脸一直望着我笑。

　　我不知道她为什么要送我东西。班里也只有她一个人送别我。我想，那大概是出于一种喜欢。不管怎样，我喜欢那种"喜欢"，是那种"我觉得你人不错，和你在一起很舒服"所以才有的喜欢。

　　后来我也一直遵从这个原则。我不会因为你漂亮而喜欢你，我只会因为觉得"你这个人不错，和你在一起很舒服"而喜欢一个人。

　　小学时候，我有过一个梦中情人。不是因为她美若天仙，而是觉得她人很好。后来知道身边的男生都喜欢她，其中一个和她住在一片儿，总找她去跳皮筋。还有一个总在她家附近潜伏……我知道很多别人喜欢她的事情，我心里都会很不舒服，可是我不敢为她做什么，只是远远注视着她。我喜欢她，一直放在我心里。

后来就是高中时候，第一天入校报到，我见到她的第一眼就对她印象深刻。虽然班里有很多不错的女孩，但后来越发觉得她人很好，便越发喜欢她。我以为我对她的暗恋不会被人知道，不想很快就暴露了，我听见她的闺蜜们常和她议论我。但我知道她已经有男朋友，而且她后来又喜欢上了别人。我不会因为她多情而厌恶她，我还是很喜欢她，默默关注着她，将那份喜欢深埋心底。

直到我才华初露，迷恋周董、摇滚唱得很有范儿、会赋古诗、文章写得不错（尤其全国作文比赛得奖后），我一下子就被很多女孩儿喜欢。别人都说我挑花了眼，因为我从不拒绝。其实他们看到的都是表象，真实的原因是我不忍拒绝任何人，但我真正喜欢的只有一个。她在我心里有着足够的分量，她的一言一行都时刻牵动着我。我不在乎别人议论她什么，我只是觉得她人不错，和她在一起很舒服，那我为什么不能喜欢她？别人怎么看怎么想不过是风，拂面而过，我的眼里只有她就好了。

当然，校园恋是最单纯的喜欢。那种朦朦胧胧、小心翼翼，也很唯美的爱情，是我所喜欢的。只是到了什么年纪谈什么"喜欢"，长大后的"喜欢"多少都带有功利性，即便你真的很喜欢对方，也避不开你是综合考量了很多方面之后的选择。或许，这就是成年人的累吧。

我只想说，喜欢也是一种状态，在怎样的阶段就谈怎样的喜欢，不必纠结于我心里的那种"喜欢"为什么变了，这只是一种类似自然规律的东西，慢慢习惯就好。

18　嫉妒之心，人皆有之

记得还是我没上学之前，有一次我哥生病吃不下饭，日子本来不宽裕，父亲还是给哥哥买了一碗桶面。要知道我们家从不舍得买这种东西，简直可以算是"奢侈品"了。在回家的路上，父亲低声对我说："你哥身体不舒服，这碗面就留给他吧！"我当时心里很明白，也认为这没有错，但我心里就是莫名的不舒服，我讲不出那种感觉，就默默抽泣起来。后来父亲还是把这桶面分给了我一半，我当着哥哥的面，竟然吃得狼吞虎咽。

其实因为小时候哥哥的身体孱弱，父母确实对他更偏爱些。加上我那时候很是皮实，能吃能睡，父母本身也不用多操心。但我确实由衷地嫉妒我哥。

后来事情发生了颠倒。我哥工作后变得越来越结实了，而我自从上学之后就一直一惊一乍的，自然得到了父母如曾经对哥哥那般的爱。有件事我是后来听父母说的，说是我哥觉得父母对我那种叫作溺爱，我当时心里也会讲"难道曾经对你的不是吗"，但我不会讲出来，正如哥哥不会当我面讲这些话一样。后来哥哥在外闯荡很辛苦，父母却无暇顾及（或许是因为我，但父母是说因为哥哥大了该独立了），哥哥莫名就和家里有点儿疏远了，甚至有点儿仇恨的样子。有次哥哥因为什么不快甩袖而去，父母打不通电话甚是担心，当时我在上大学，我去找哥哥玩过（这件事也是因为父母知道哥哥个性强没什么朋友，怕他被邻居欺负，叫我常过去待会儿，让别人知道哥哥这里有人），父亲便让我带着去找哥哥，哥哥知道这件事之后竟然锁门而去，最后我陪父亲吃了饭父亲就回去了。父亲和我说，你哥哥是因为工作不顺利，在外面总被人欺负心里不痛快，让我们兄弟千万要齐心。如今想来，我只有泪流满面。

在大爱面前，我的那些嫉妒之心彻底被瓦解了。直到现在，我都和哥哥很谦让，我不愿和他争就任何事，心里想的是要大度。只是觉得一路走来，让我渐渐明白，嫉妒之心并不可耻，甚至人皆有之，那是一种类似与生俱来的东西，不要去排斥或是怀疑它，要学会和它处朋友。

就好比，凡事都有两面性，好和坏都是相对的。在爱情里，因为你嫉妒自己的爱人对别人好，所以你才会更在乎她，更加爱她，这大概可以理解为是一种好的情绪；在其他关系中，例如朋友、同事，因为你嫉妒他对别人比对你好，嫉妒他比你工作更出色更受同事领导喜欢，可能会激励你付出更多努力，同时也可能促使你产生某种偏激行为，总之是不可控的，这大致可以理解为是一种不好的情绪。不管怎样，在任何情况下，只有你正确看待嫉妒这件事，才能理智并且更妥帖地去处理它。

这世上很多事儿都是这样，太在意不好，不在意也不好，只在于一个度。你更好的方向应该是接受嫉妒这件事，但是冷处理，别让这份嫉妒激怒你，要冷静，三思而后行，毕竟嫉妒也不是什么难以启齿之事。

我嫉妒你，但我喜欢你，我们交个朋友吧。

19　隐居之名

我为什么要隐居？

我想我找不到一个冠冕堂皇的理由，只是因为我感觉累了，不小心生病了，突然想停下来休息下。就这样，我开始了我人生中可能最有意义的一件事——隐居。

严格意义上说，它大概只属于半隐居。我住在深山里，但那里并非不通公路，也有定点班车。属于偏远山区，一个很普通的小村落。

进入村落只有一条大路。你也可以翻山越岭出山，爷爷那辈儿不通车的时候，这里的人们都是翻山越岭出去贩卖商品或赶集。但现在肯定没人愿意费那个力气。

这里三面环山，整个村落基本呈线性排列。有几个聚居点，彼此相隔不远。以前大概有四百多户人家，到我来的时候，大概也就只剩几十户人家了。

很多农村都面临这样的问题，年轻人都去城市里打拼了，留下的要么是老人，要么实在没本事往外走。近年来，国家又推出廉租房，有些人借此也出去了。尤其在冬季，比起小院儿，楼房有很多优势，比如保暖问题、用水问题、洗澡问题，等等。

在农村，很多人都有自己的菜园子，一定程度上可以解决一家人吃菜问题。现在家家几乎都在政策补贴下拥有太阳能，天暖的时候就可以洗澡了。而天暖的时候，住在自家小院儿里也是不错的选择，一家人其乐融融坐在院儿里享受蓝天白云下的宁静，比起城市人喜欢去公园跳广场舞要惬意很多。

住在小院儿，生活用水都是排到院外，天暖可以，冬季就会结冰。我来隐居后的第一个冬天，赶上近几年北京最冷的一年，我住的小院儿刚刚修茸得差不多，水渠引到院外，洗漱洗菜可以解决，但使用老式洗衣机洗衣服，一次要用掉好几担水，就会导致小范围的"泛滥"，影响到过往的唯一一条土路，邻居就会有怨言。没办法，我们就得在外面挖沟埋管，把脏水引到土路旁的一个蓄水池里。蓄水池还是自己挖的。

而洗澡问题也是难题之一。我搞来一个热水器，但这里每天只来一个小时左右时间的水，家家都有储水水缸，可热水器需要水压顶水才能出水，只好在墙上挂上水桶，来水时蓄满，通过水泵连到热水器上，才勉强可以使用。比起楼房在卫生间可以随时洗上热水澡，真是太不方便了。

在城里冬季一般都是集体供暖，也有天然气自取暖的，但在这里，还在煤火烧炉子。虽然新安了地暖，但屋内温度怎么也达不到温暖的程度。地板砖摸上去虽然是温的，但架不住四面砖墙都是凉的，而且门窗又多又四处漏风，哪里锁得住温度。加之开门直通室外，每天进进出出，有多少暖气也都散光了。

即便如此，我仍然选择隐居，而且十分喜欢这个偏僻、落后的小村落，因为这里实在太安静了，太适合休养生息了。对于本意是来养病、调整自我的人来说，再合适不过。

到这里之后，我基本是朝五晚九的作息。入夜后，抬头仰望，漫天繁星，这大概是城市生活感受不到的乐趣。记得早年在城里上班，每天朝九晚五地工作，可从没注意到满天繁星的景致。不知是城里诱惑太多、灯火太璀璨，还是真的就见不到星星。总之，我觉得乡下的那种宁静很是令我着迷。

我晚上从不看电视，尤其自从电视剧变得千篇一律、套路多多、莫名其妙以后。偶尔了解到一个大概好看的影视剧或是娱乐节目，也一般在网络端解决。

但开始隐居以来，我晚上也不再迷恋电脑了，偶尔会用手机和朋友线上聊聊天，但九点左右也就程序化进入到就寝时间，结束一切活动上床睡觉。以前我失眠，现在我睡得特别香甜。我睡觉有时比较轻，尤其生病以后，而这里静的只能听见风声、狗吠、鸟叫虫鸣、落叶这类自然的声音，所谓城市噪音一点儿没有。

同时，我也不是特别嗜睡的人，即便隐居以后，也一般五点左右就起床了。冬天的时候例外，因为只有被窝里最暖和。有时要来个回笼觉，到八点左右太阳露头以后再起。

对于每个崭新的一天，我大致会按照几种模块的规律组合来度过。这些模块大致是这么几类：读书、写书、看美职篮、看感兴趣的网络节目（包括好看的影视剧、综艺等）、爬山、干活、发呆听歌、出门办事，极度无聊的情况下也可能睡觉。

有时早饭后会选择读书，读些淘到的好书，只限纸质书，比如会去读肯威尔伯的《恩宠与勇气》、弗洛伊德的《梦的解析》，也会去读太宰治的《人间失格》，总之都是自己感兴趣的作品。

有时气温舒适也会选择去爬山，只爬我住的地方房后面那座山，因为出门方便，避免碰见很多的熟面孔。那里除了放牧的、外地干活的、散游客，不会再有其他人。我会在到达差不多山顶的地方，选个僻静有阳光的地方坐下来写作，有时写半天，有时到晚饭前才会下山回家。

有美职篮直播比赛的时候会看詹皇的比赛，也是在电脑上看，因为住的地方是网络电视，没有体育频道。有时什么也不想干，就会去找些网络节目看看。有活需要我帮忙的时候，我也可能去干活。或是极少数情况下，我要出门办事，比如拿快递需要开车二十分钟到代理点。

下午一般要么干活，要么外出办事，要么发呆听歌，要么在山上，无聊的时候很可能也会选择睡觉。

每天三千字的写作，或早或晚，一般都会规律性调节。我不喜欢每天都是重复的样子。

唯一可以重复的事情大概便是思考吧。我从来都是一个想法很多又很稀奇古怪的人。从前彻底都是胡思乱想，谁喜欢我，谁又讨厌我，想每个下一刻要去做什么。我不想闲下来，一闲下来就会胡思乱想，所以基本每天的时间都被我安排得满满当当。这样的确很累，但我无法自拔。

隐居后，我大多在思考人生，也反思自己。想我以前为什么是那样一个人，好像连现在的自己都很讨厌当时的我。反省完我会不断完善自己，不为别的，只为以后可以把自己的生活过得潇洒些。

至于思考人生，可能想明白的唯一一件事便是，我要活得现实点儿，放低姿态，因为人生就是这样，你要想尽一切办法谋生，你要娶妻生子过日子，你要学会孝敬父母，也要了解自己并且学会自控。

人生没什么大不了的，每个人都会经历困境和挫折，而每一次挺过去之后，岁月都会令你成长。以前你觉得自己什么都懂，但那些道理也无法避免你不会跌倒。反倒是那些摔得很痛的经历，教会你看淡一切，笑对人生。

我想把我领悟到的那些，一点点融入我的写作里，不想再去写那些无病呻吟的文字，想把写作这件事做的更有意义。

我和父母说，我大概至少要在山里隐居几年，直到我写出满意的作品。之后，我想找个孤岛，彻底过上远离人烟的生活，继续专心写作，了此一生。

我觉得这不是一种悲观厌世的表现，而是我发自内心地喜欢这种生活。这种生活最适合我，我才能真的快乐。

所以，我大概只是一个适合隐居的人吧。我喜欢安静，喜欢简单的一切，讨厌虚伪做作，讨厌尔虞我诈，或许也讨厌这凡尘俗世。

我虽颓废，但并不自甘堕落。

以前的我抽烟又喝酒，上班也会混日子，下班要么约姑娘，要么宅在家里玩电脑，每天都在虚度时光。如今虽然隐居了，但我戒了烟也戒了酒；虽然不再打卡上班，但每天都会坚持写作；突然不再约姑娘，突然很想安定下来，但绝不勉强自己，平常心对待而已，而且也很想尝试认真爱一个人的滋味，想以后要一双可爱的儿女，开始过普通人的日子。这样的我虽然很无趣，但反观身边的人，大家似乎一直都是我认为无趣的那种人。

今天的我，依然很想成为一位名作家，希望很多人读我的故事，希望我的故事真的可以给他们带去温暖和力量。至少在我看来，生活本就是枯燥乏味的，想要永远活在激情里面，那实在是太危险了。最好的状态，就是明白为什么活着，懂得我要怎么活着。

这似乎是个很哲学的问题，但我想，每个人都应该有自己的理解。

就我而言，我现在觉得，我们都是为自己而活，要让自己的父母走的那天放心我们，让自己的兄弟姐妹可以在危难之际凝聚在一起，让自己的老婆孩子过得舒心，让自己的人生最终可以圆满。这就是我觉得我为什

第三辑　慢下来去看看这世界

么活着。

　　而我要怎么活，我可以毫不犹豫地讲，我要一直写作下去，我要用写作去帮助更多人。同时，我希望自己以后可以按照自己喜欢的方式活着，无论贫穷或富有，无论健康与否，我都要好好活着，不要再有轻生的傻念头。

　　不喜欢与人交际，我可以隐居；不喜欢说话，我可以闭嘴写作；不喜欢上班，我可以做自由职业；不喜欢喧闹，我可以找个山头安静地晒太阳……总之，我要开始为自己而活，好好活，活得开心，也活得精彩。

　　愿岁月静好，浅笑安然。

后　记

　　这本书的成稿过程，经历了一些波折，我不知道这样的波折对未来成书的命运有怎样的影响，但却让我更加确信，这部书稿有它存在的意义。

　　某综艺某期节目，辩论毕业生拮据的时候该不该啃老，正反辩论无一不有打情感牌，无论是否啃老，我们，我们的父母，其实每一代人，在某个阶段，都经历过艰难时刻。正像我写这本书的初衷一样，这是我曾经近乎崩溃的生活，但是当我挺过来之后，我真的发现，风雨后见彩虹，这是亘古不变的，每个人都如此，无一例外的。所以，我是希望通过我的真实故事和感受，告诉那些正经历痛苦的人，永远不要放弃，坚持下去，一定会有所收获。

　　人生的意义不在于大富大贵，而在于我们奋斗的过程，在于我们面对生活中的苦难时，所有人表现出的那种不屈不挠，这是人的优秀品德，自古就有，而且有必要被传承下去。

　　我写自己的故事，不求同情或喝彩，而是希望在某个时刻点醒暂时迷失的人，我们都一样，努力而彷徨，但是，越努力越幸运，我们应该笑对人生，无论是怎样的困难在阻碍我们前进，都请一往无前地坚持下去，胜利属于每一个努力拼搏的人。

愿岁月对每个人温柔以待。

2020年7月1日